聂兰生 舒平 李大鹏 编

现代住宅小区规划设计选萃

A COLLECTION OF CONTEMPORARY URBAN RESIDENTIAL DISTRICTS

（1）

天津大学出版社

图书在版编目（CIP）数据

现代住宅小区规划设计选萃.1 / 聂兰生，舒平，李大鹏编. —天津：天津大学出版社，2000.6
ISBN 7-5618-1292-2

Ⅰ.现… Ⅱ.①聂…②舒…③李… Ⅲ.居住区-城市规划-资料-汇编-中国 Ⅳ.TU984.2

中国版本图书馆CIP数据核字（2000）第21982号

出　　版：天津大学出版社
出 版 人：杨风和
地　　址：天津市卫津路92号天津大学内(邮编:300072)
电　　话：发行部　022-27403647　邮购部　022-27402742
印　　刷：深圳雅昌彩色印刷有限公司
发　　行：新华书店天津发行所
开　　本：787mm×1092mm　1/12
印　　张：13.5
字　　数：361千
版　　次：2000年6月第1版
印　　次：2000年6月第1次
印　　数：1～5000
定　　价：89.00元

前　言

当前，国内的住宅建设正处在高峰时期，在建设规模和居住标准提高幅度上都是前所未有的。商品住宅的入市和与之相适应的住宅物业管理的加盟，不仅改变了单一福利型住宅的供给方式，也改变了使用者的居住观念。合理的户型平面、宜人的环境、富于个性的外观，这些都在住户的关注范围之内。这一切大大拉近了使用者与专业人员之间的距离，也给设计工作者留下了一片不小的创作空间。佳作不断问世，住宅设计有了长足的进步，住宅建设也渐入佳境。随着住宅存量的增加，住宅建设将从量的满足转向追求质的提高，这就必然要求建筑师不断向市场推出舒适、优美、独具创意的住宅设计作品。从设计、交流、借鉴到相互促进，是提高设计水平不可缺少的环节。本书的出版，目的就在于沟通交流的渠道，集中向专业设计人员提供各类住宅规划设计的信息。

近年来，我们的两项住宅研究课题得到国家自然科学基金的资助，在完成基金项目的过程中，有机会从理论和实践两个侧面参与了住宅设计。从参加优秀住宅评审和对多项住宅小区的实例调查活动中，不少作品给我们以有益的启示。于是，萌发了将这些优秀住宅作品编辑成册并向社会推荐的设想，以期活跃这块方兴未艾的住宅设计舞台。

本书选择了十项已建成的小区和一项通过建设部评审的小区规划方案。书中收入的作品，分别由天津市建筑设计院、华汇工程建筑设计有限公司、天津开发区规划建筑设计院、天津市房屋鉴定勘测设计院、北京众拓建筑工程设计有限责任公司、天津大学建筑设计研究院提供。出于研究工作的需要，我们自然科学基金课题组的师生们曾参与了天津华苑碧华里小区、沈阳翔凤花园小区、西安绿色山水小区的部分规划建筑设计工作。

本书的图纸和设计资料由设计单位提供，我们负责编写设计简介及部分图纸的重新绘制整理和实景照片的拍摄。限于水平，难免疏漏，敬请同行们不吝指正。在这本书的编写过程中，得到了相关设计单位和建设单位的热情支持，对此表示衷心的感谢。

本书系国家自然科学基金资助项目(59978028)

聂兰生

2000年4月

目　录

天津华苑碧华里小区规划设计

Planning and Design of Bihuali Sub-quarter in Huayuan,Tianjin

设 计 单 位：天津市建筑设计院
工程主持人：赵元祥　建筑负责人：陈 刚 王一心
摄　　　影：苏振涛 张 翌

天津华苑碧华里小区是国家2000年小康住宅科技产业工程第三批示范小区，于1999年5月通过国家验收。它位于天津市西南的华苑居住区内。华苑居住区紧邻城市外环线内侧，距市中心8km，位于天津市全年主导风向的上风位，环境优美、安静。碧华里为其中一个小区，位于华苑居住区的中心。

技术经济指标：总占地17.06公顷；总建筑面积203 200m^2；平均住宅层数7.3层；住宅套数1 433套；容积率1.59；建筑密度24.5%；绿化率38%。

小区西邻居住区30m宽的主干道，东北邻居住区20m宽的次干道，南侧为30m宽的半圆形道路。半圆形地段面对居住区的南入口，环境位置重要，交通畅通。小区地域形态犹如盾形，东西宽约300m，南北长约530m，地势平坦，便于一次性开发实施。

小区规划设计结合天津市的具体情况，因地制宜，力求体现规划设计的先导性和超前性，做到经济效益、社会效益和环境效益的统一。

小区规划设计继承了天津市的建筑历史文脉，具有地方风格和特色。住宅建筑的造型力求体现天津多国文化的建筑文脉，以大面积的红色坡屋顶、绿色草皮、浅色墙面和蓝色天空为背景，构成了小区的主色调。阳台、住宅入口、院墙及各组团内的道路铺面的色彩、形式各异，增强了小区各组团的领域感和可识别性。

由于该小区的人流主要从居住区的南北两个方向进入，主入口设在小区西北侧的居住区主干道上，次入口设在小区的东南部接居住区次干道。小区道路分为三级，围绕中心绿地呈环状布置，均衡地接近各功能区和住宅组群，路网布局清晰合理。曲线形的道路顺而不穿，通而不畅，以限定机动车的速度，减少机动车对居民的影响。为强调小区主入口，将此段道路扩大为宽15m、长100m，并在两侧种植洋槐形成林荫道。过林荫道，开敞的带状中心绿地尽收眼底。绿地北端及绿树丛中是半露半掩的公共建筑群，绿地南端是小区幼儿园，绿地东侧为造型丰富的多层住宅群。四栋造型别致、姿态挺拔的高层住宅镶嵌在中心绿地中心，丰富了中心绿地的景观，提高了高层住宅的环境质量。

本小区采用多层、高层住宅相结合的布局方式，以丰富住宅群体的空间。规划在淡化组团空间、强化邻里空间方面做了大胆的尝试，前后两排条式住宅采用了南北入口相对布置，中间形成了一个室外共享空间的院落，既美化了小环境，又为老人、孩子就近活动提供了方便。住宅底层为住户安排了独用小院，屋顶为住户提供了露台，作为室内空间的延伸，颇受使用者的欢迎。总之，该小区规划室外空间组织完整，尺度适宜，方便居民邻里交往，强化领属感。

小区住宅设计共有20余种户型供住户选择。按结构类型分为混凝土空心承重砌块墙结构体系（多层），大开间框轻柱框架结构体系和剪力墙结构体系（高层）。碧华里小区是天津市住宅区中惟一未使用粘土砖的工程。住宅层数以多层为主，另有部分高层住宅。在住宅设计中，充分利用坡屋顶空间及南向半地下室空间。复式住宅和跃层住宅的设计充分发掘了空间效益，颇受住户的欢迎。

天津市已进入老龄化城市，小区中两代居住宅的出现，体现了“以人为本”的设计思路。

此外，碧华里也是天津市惟一全部采用“四新”科技成果的小区，科技含量和住宅产业化程度之高居全市之首。

注：住宅技术经济指标未计入阳台面积。

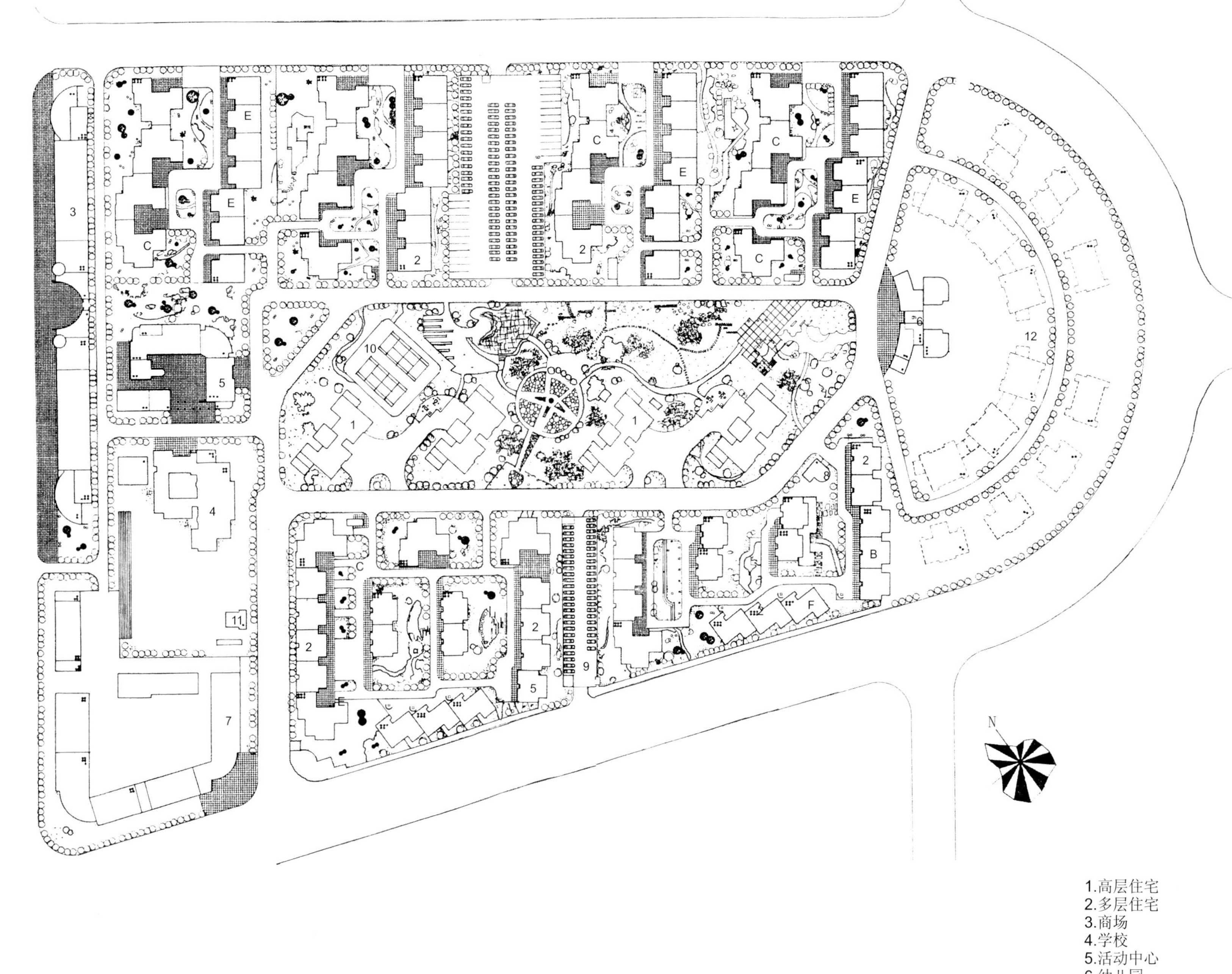

1.高层住宅
2.多层住宅
3.商场
4.学校
5.活动中心
6.幼儿园
7.物业管理
8.居委会
9.停车场
10.网球场
11.公厕
12.别墅区

小区规划总平面图

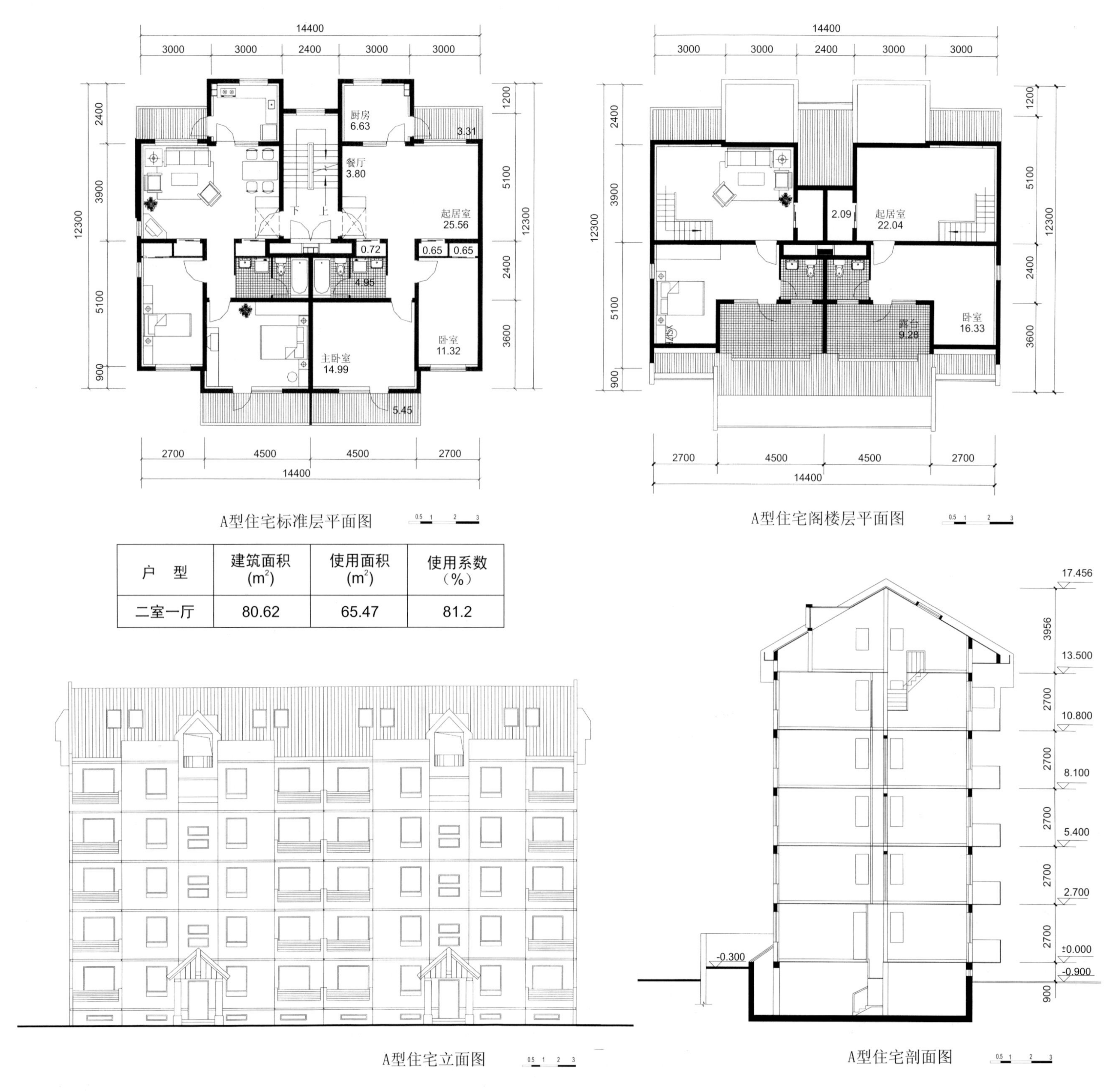

A型住宅标准层平面图

A型住宅阁楼层平面图

户　型	建筑面积 (m^2)	使用面积 (m^2)	使用系数 (%)
二室一厅	80.62	65.47	81.2

A型住宅立面图

A型住宅剖面图

B型住宅立面图

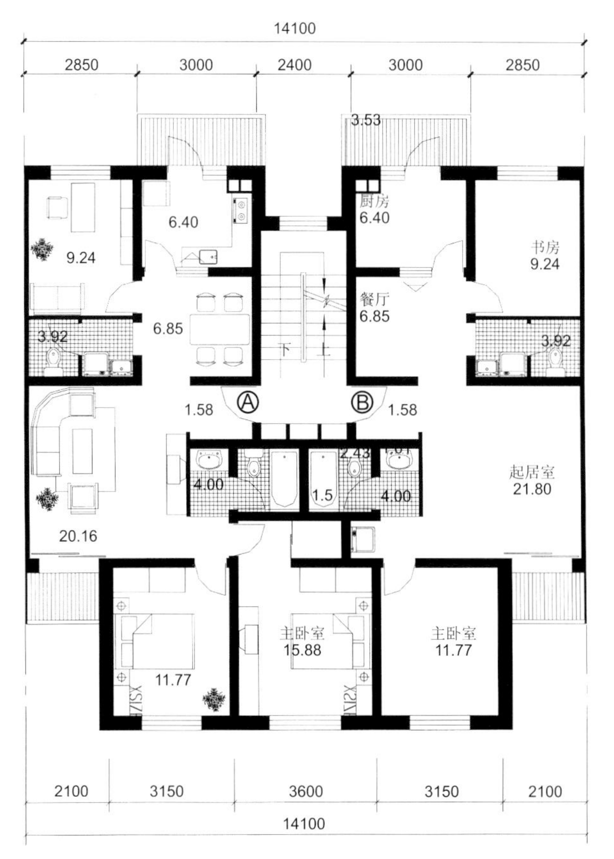

B型住宅标准层平面图

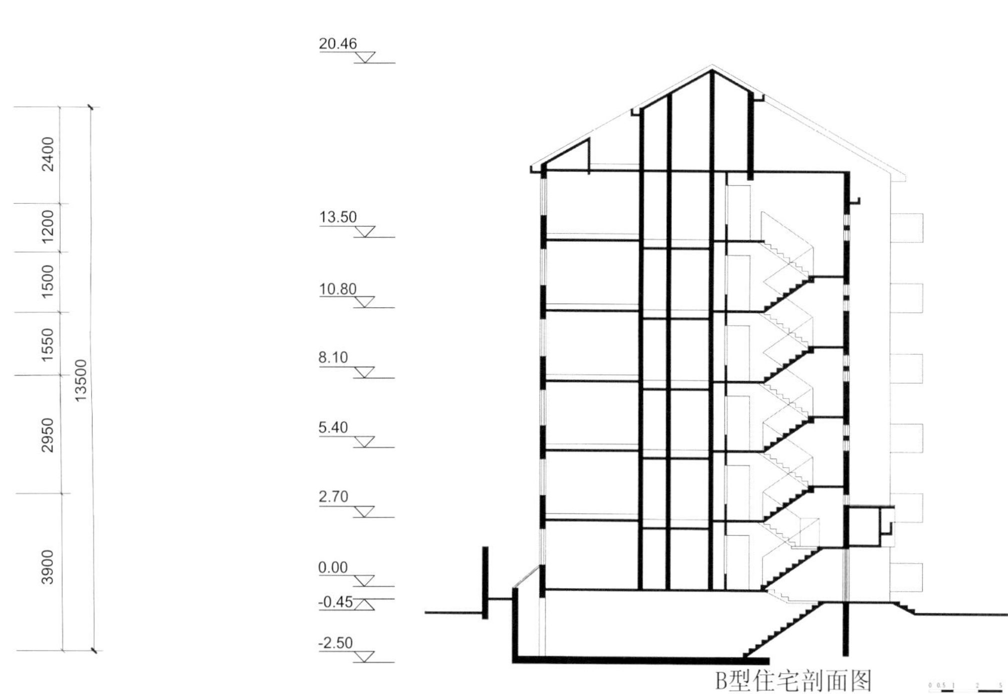

B型住宅剖面图

户　型	建筑面积 (m^2)	使用面积 (m^2)	使用系数（%）
Ⓐ 三室二厅	98.19	79.80	81.3
Ⓑ 二室二厅	83.27	65.56	78.7

户　型	建筑面积 (m^2)	使用面积 (m^2)	使用系数 （%）
Ⓐ 三室二厅	112.45	88	79
Ⓑ 三室一厅	109.36	91.01	83.2
Ⓒ 三室二厅	110.62	91.57	83

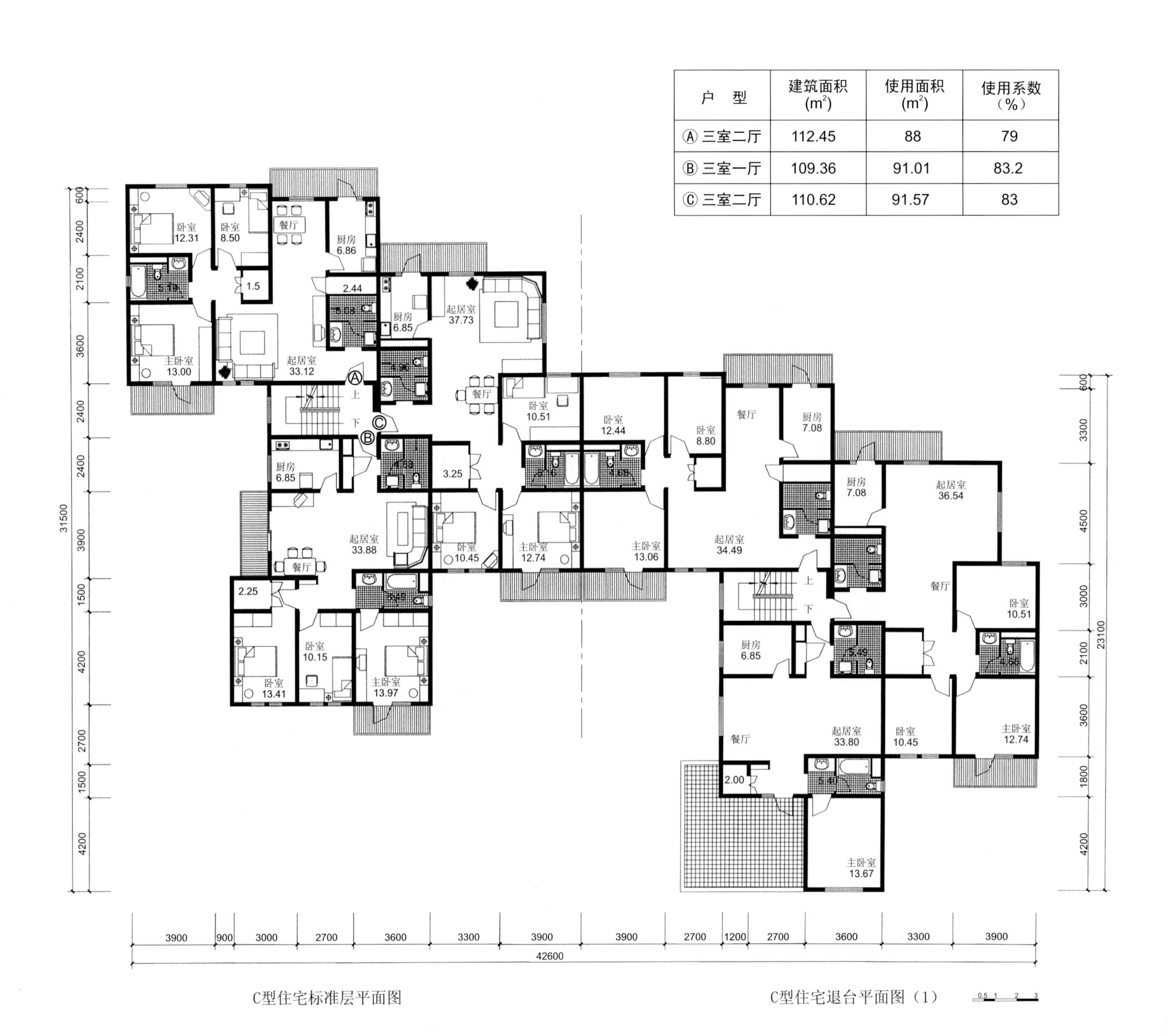

C型住宅标准层平面图

C型住宅退台平面图（1）

C型住宅剖面图

C型住宅退台平面图（2）

C型住宅退台平面图（3）

C型住宅立面图（1）

C型住宅立面图（2）

高层住宅标准层平面图

户　型	建筑面积 (m^2)	使用面积 (m^2)	使用系数 (%)
Ⓐ 三室一厅	135.13	94.96	70.02
Ⓑ 二室一厅	108.35	75.92	70.1
Ⓒ 二室一厅	78.94	59.75	75.7
Ⓓ 一室一厅	72.59	50.12	69.1
Ⓔ 二室一厅	100.92	73.31	72.6
Ⓕ 三室一厅	131.57	93.27	70.9

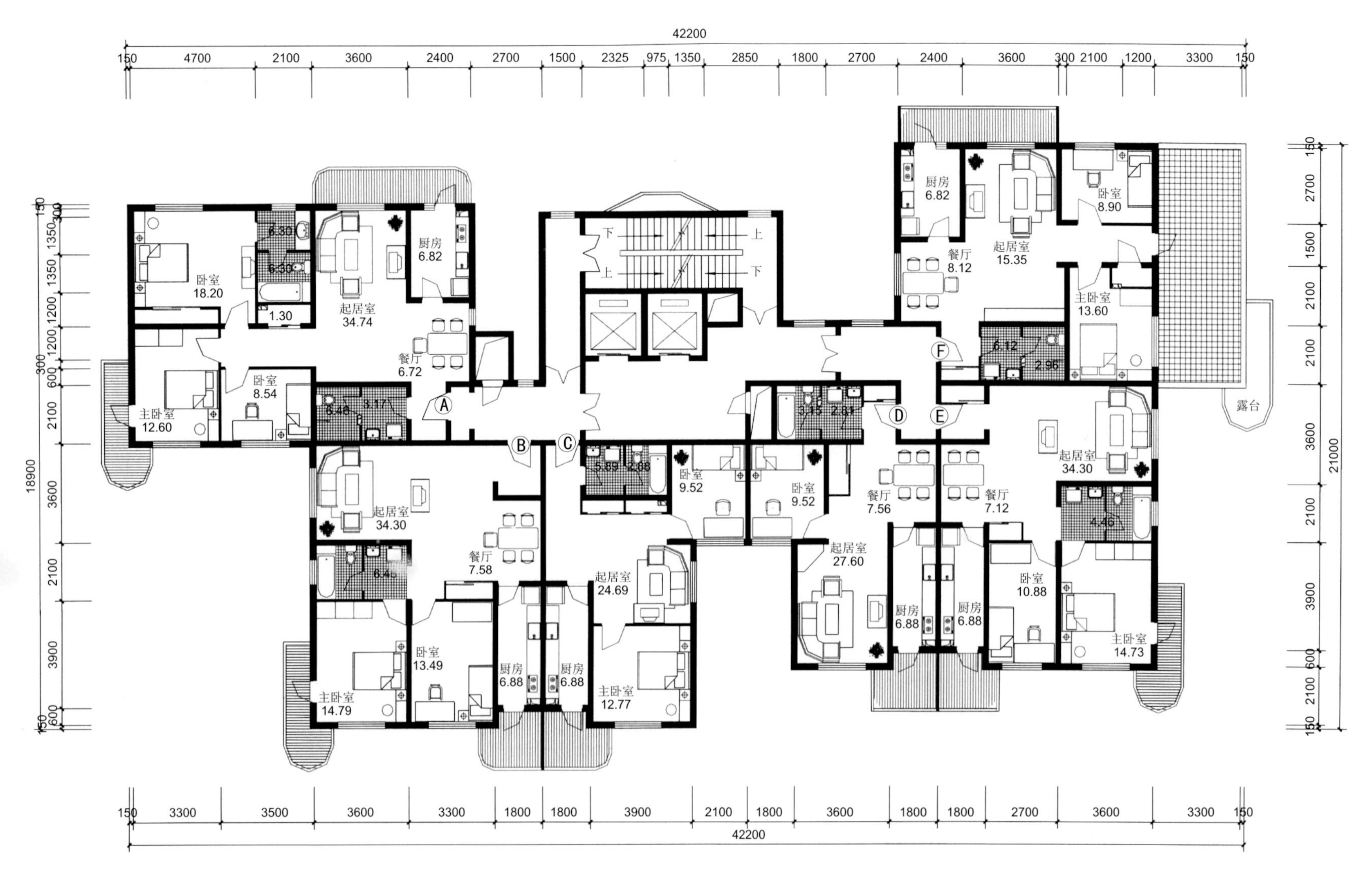

高层住宅退台层平面图（1）

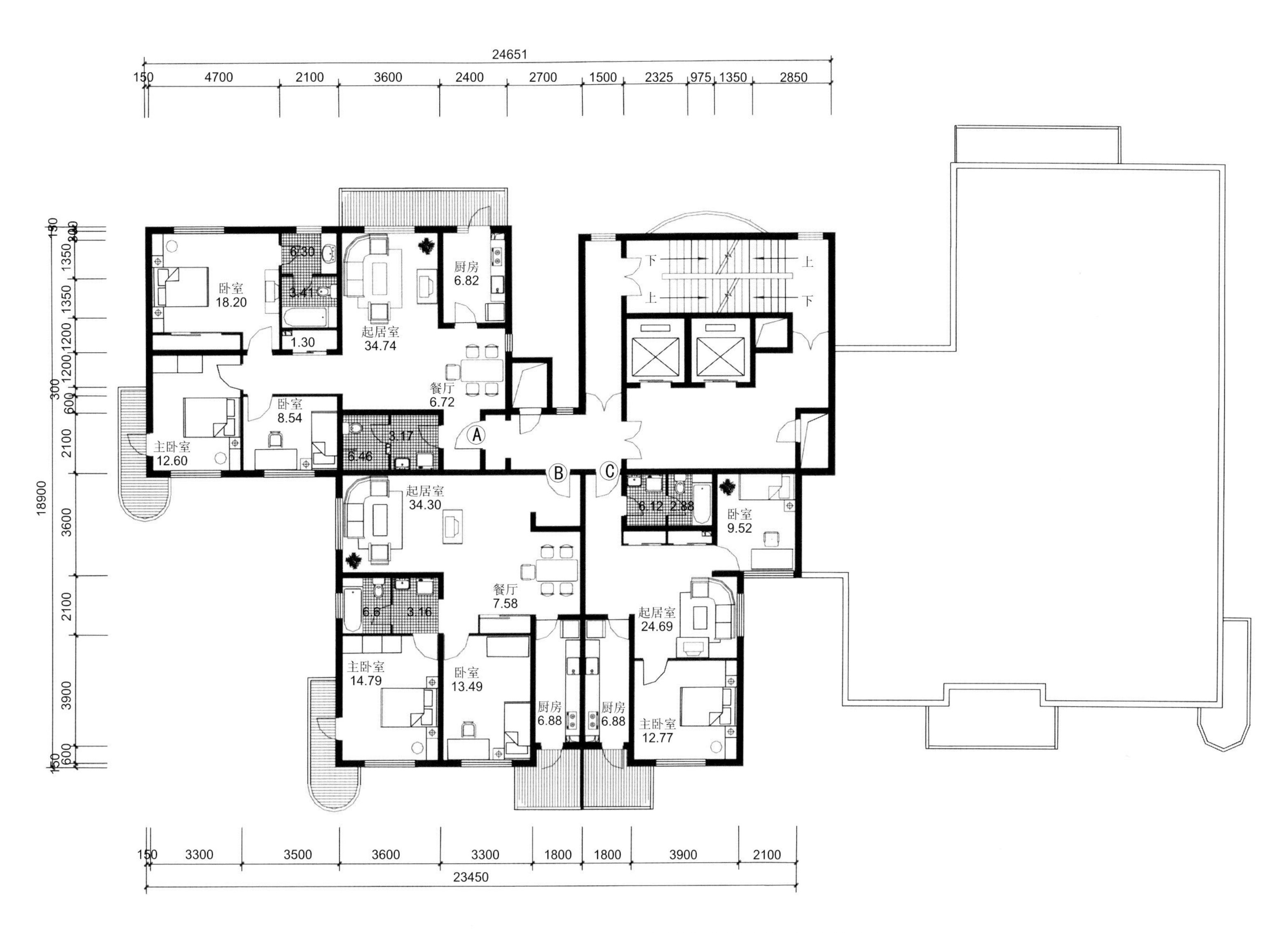

高层住宅退台层平面图（2）

高层住宅立面图

高层住宅剖面图

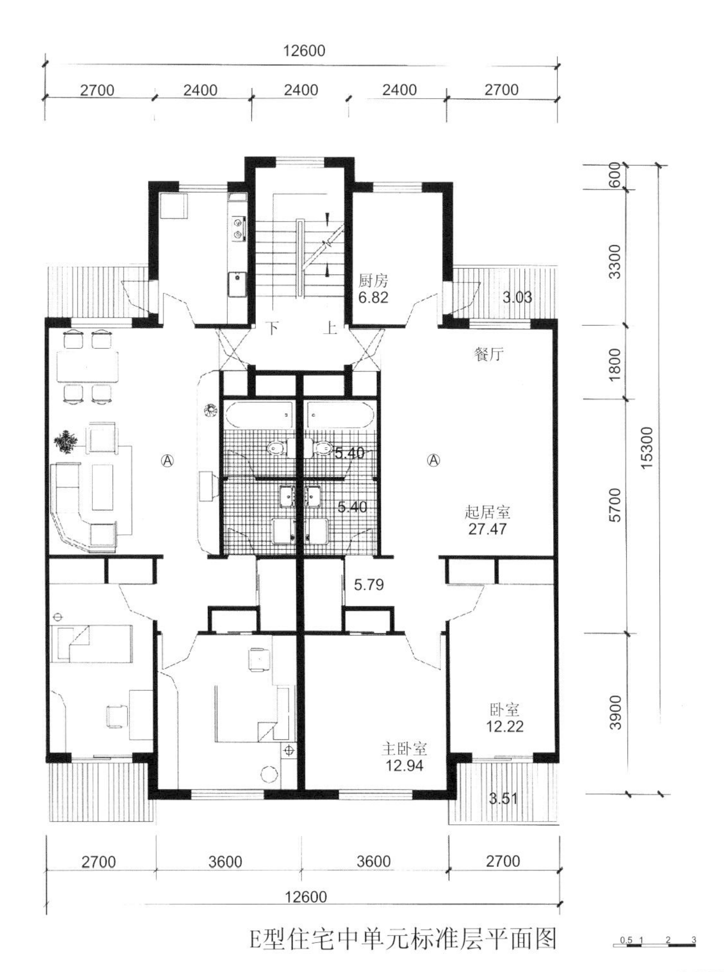

E型住宅中单元标准层平面图

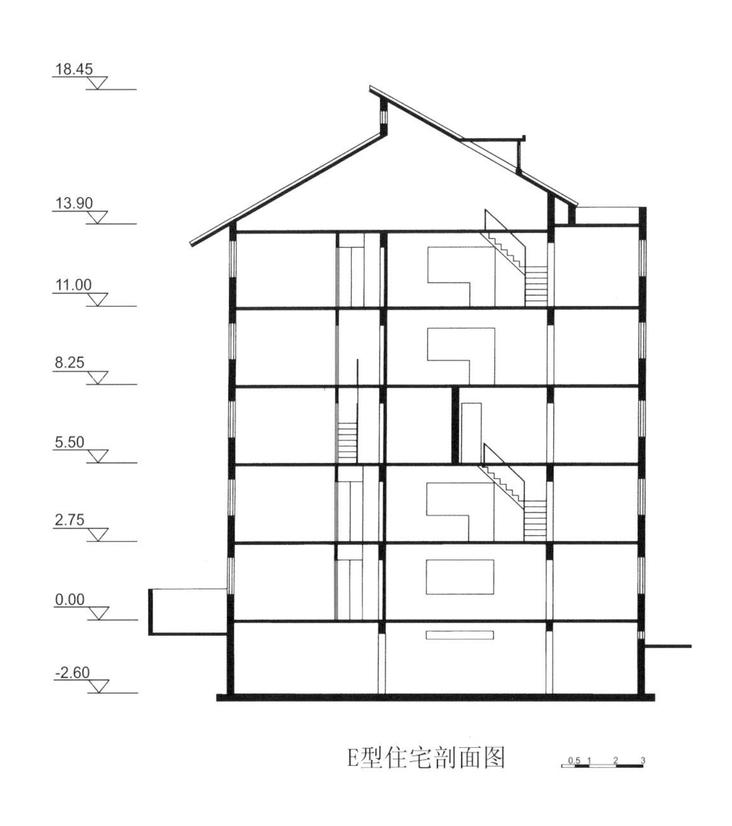

E型住宅剖面图

E型住宅立面图

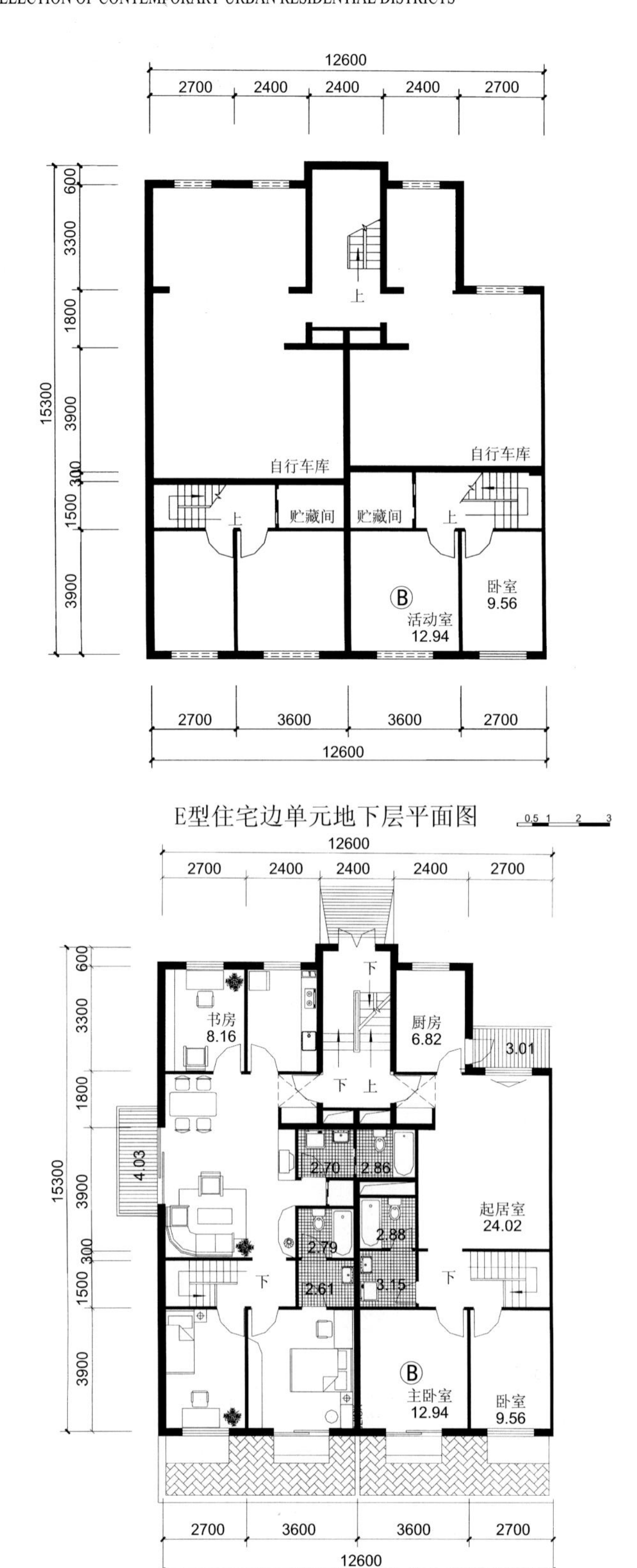

E型住宅边单元地下层平面图

E型住宅边单元一层平面图

户　型	建筑面积 (m^2)	使用面积 (m^2)	使用系数 (%)
Ⓐ 二室一厅	85.43	70.64	82.7
Ⓑ 三室一厅	124.49	90.49	73
Ⓒ 四室二厅	141.49	107.54	76
Ⓓ 五室二厅	153.89	117.80	76.6

注：Ⓒ、Ⓓ为两代居户型

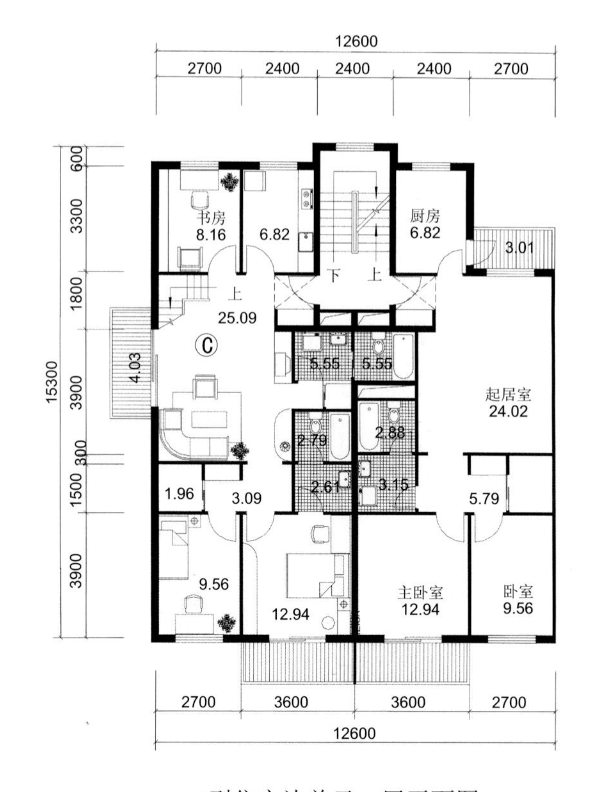

E型住宅边单元二层平面图

E型住宅南立面

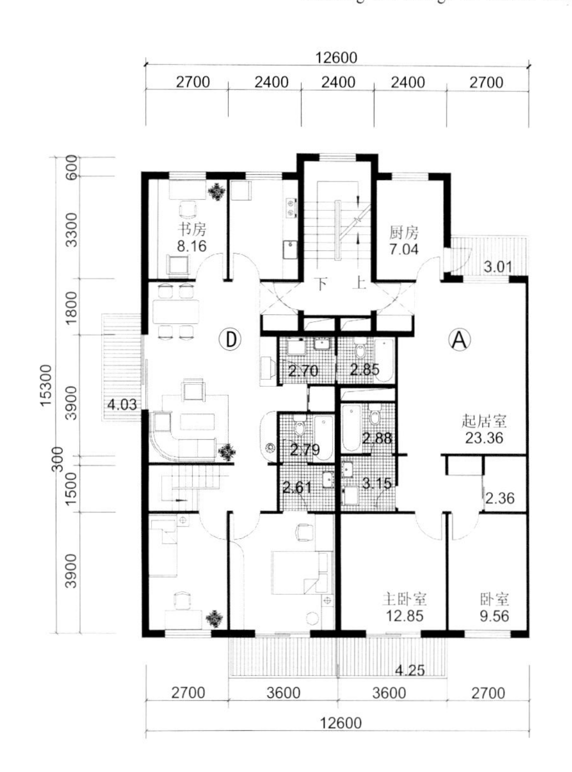

E型住宅边单元四层平面图

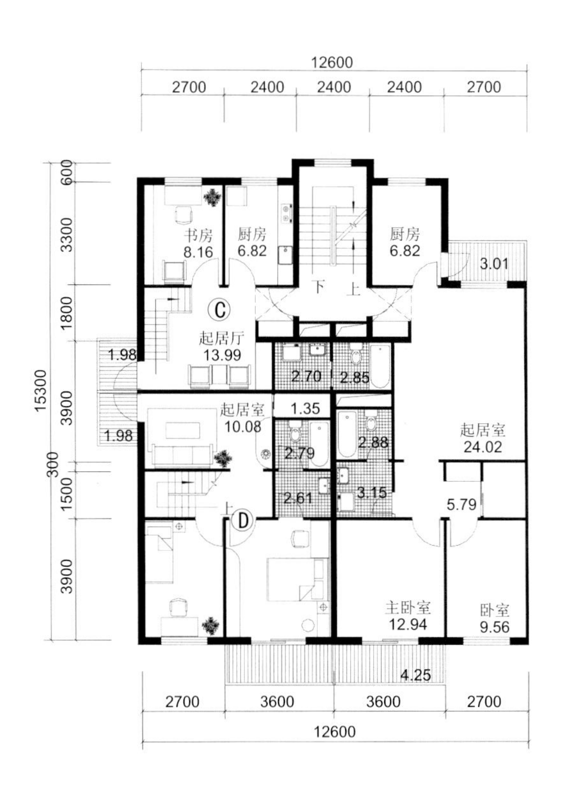

E型住宅边单元三层平面图

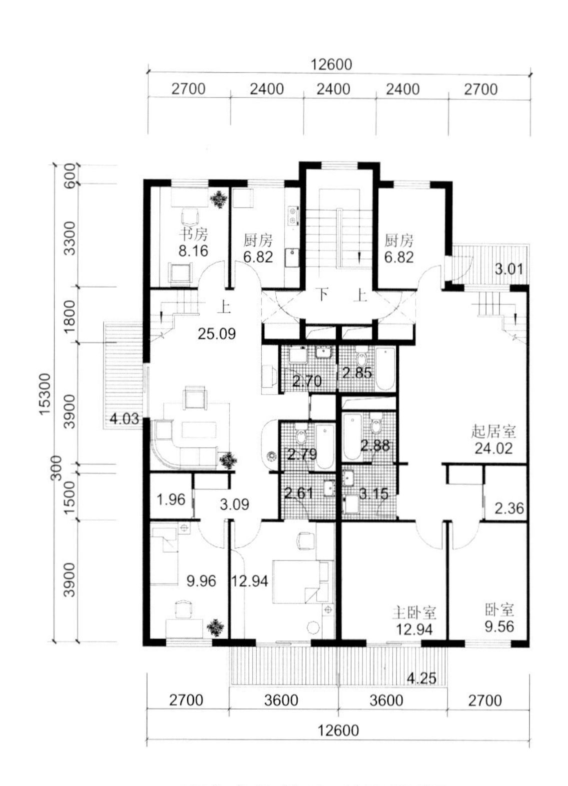

E型住宅边单元五层平面图

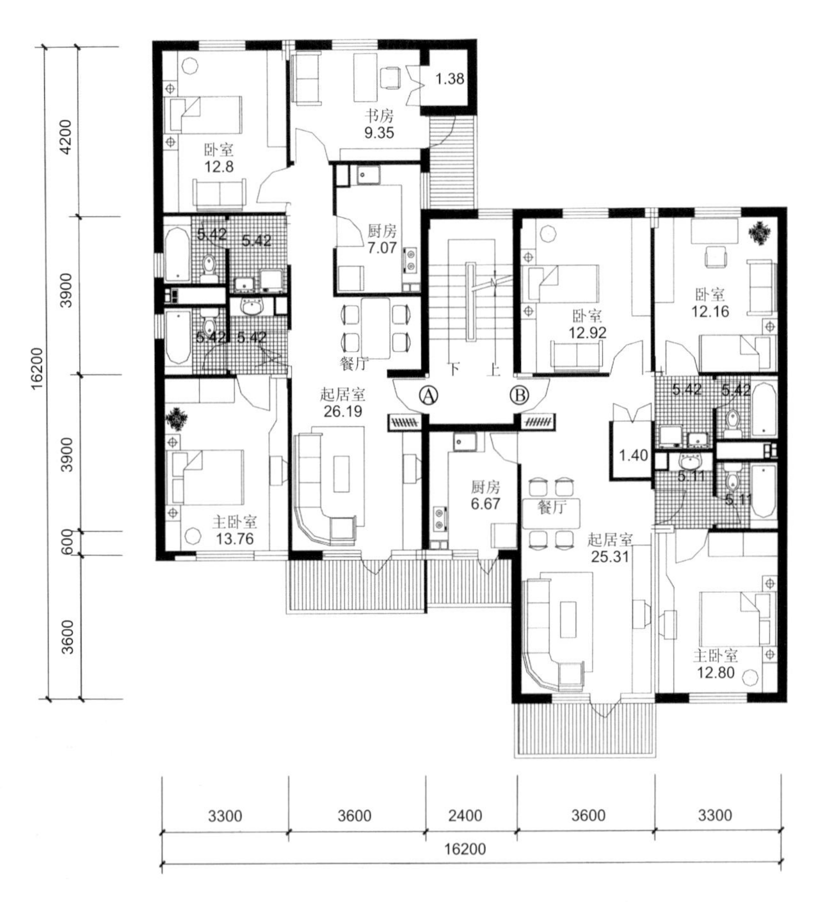

F型住宅标准层平面图

16.40
13.50
10.80
8.10
5.40
2.70
0.00
-0.45
-2.50

F型住宅剖面图

户　型	建筑面积 (m^2)	使用面积 (m^2)	使用系数 (%)
Ⓐ 三室一厅	100.21	81.25	81.1
Ⓑ 三室二厅	101	81.79	81

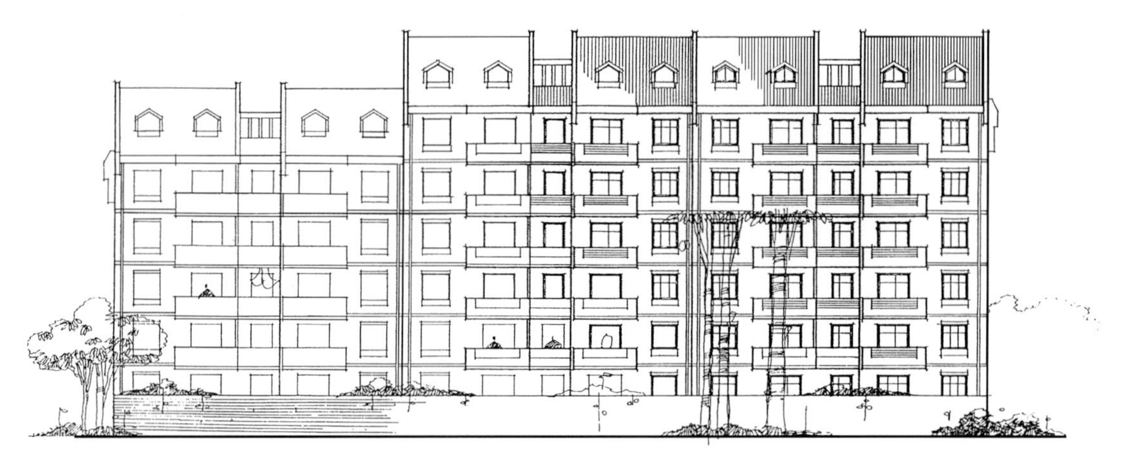

F型住宅立面图

天津华苑居华里小区规划设计

Planning and Design of Juhuali Sub-quarter in Huayuan,Tianjin

设 计 单 位：天津市建筑设计院
工程主持人：赵元祥　建筑负责人：陈　刚　王一心
摄　　　影：苏振涛　张　玺

位于天津市华苑居住区内的居华里小区是建设部第四批试点小区。该小区荣获“全国第八届优秀工程设计银奖”、“全国城市住宅试点小区金牌奖”、“建设部规划设计一等奖”、“建设部建筑设计一等奖”。它位于天津市的西南部，距市中心8km，南接规划宾水西道，处天津市全年主导风向的上风位，环境优美，空气清洁。

技术经济指标：占地13.12公顷；总建筑面积159 300m^2；平均住宅层数5.6层；住宅套数1 657套；容积率1.21；绿化率38.2%。

小区道路规划成曲线形，以限定机动车的速度，减少机动车对居民的心理压力。主干道入口处两侧均规划了一条10m宽的林荫带作为人行道，做到人车分流、互不干扰。

针对天津地区的气候特点和用户的要求，住宅布局力争良好的朝向，做到95%以上朝南，在保证满足日照、通风、消防、抗震和管道埋设等基本要求的基础上，提高了建筑密度，并在局部进行了节地、节能住宅的试验。

根据居民室外活动内容和室外空间安全、防卫疏散的要求，小区按不同领域的各自属性和室外空间层次划分了四度空间序列，即小区公共活动空间→组团半公共空间→楼栋间半私用空间→小院、阳台私用空间，这四度空间形成了由外向内、由动到静、由公共性质向私用性质逐渐过渡的空间组合，以符合居民的行为轨迹。

在小区的出入口处设置了明显的标志，增强了领域感、安全感、归属感。区内小汽车的停放采用集中与分散相结合的方式。采用扩大路面的办法，在主干道的一侧分散停车；集中停车库布置在小区东面的隔声住宅底层，在小区主要入口处的商场地下室亦可作为停车库使用。

该小区住宅建筑的造型，力求体现与天津多国文化的建筑文脉相联系，与人们喜爱的五大道“洋房”建筑风格相呼应，塑造具有“天津特色”的建筑外貌。小区的景观环境是以小区中心绿地空间为中心向四周辐射形成几处景观点，中心绿地空间东南由低到高布置台阶式住宅，向中心绿地空间呈放射状，台阶式住宅之间的绿地空间与中心绿地空间相互渗透为一体，又有各自的功能。小区中除以六层为主的砖混住宅之外，还设有四层的低层高密度住宅及十二层的中高层住宅，以满足不同层面的使用者要求，并创造出丰富的建筑空间轮廓。

该小区的东面有一条地方铁路专用线，铁路中心线至小区建筑物距离50余米，每天有18.5对列车通过，虽不是国家级铁路线，但对小区也造成一定的影响，形成噪声、振动等不利因素。因此在规划设计中沿小区东侧建有一栋隔声住宅，首层为小汽车库，上部为住宅，把附属的卫生间、厨房、走廊等均布置在朝铁路一侧，而卧室和起居室均在背面，从而有效地隔离噪声，保证了卧室安静。同时在铁路和建筑物之间设置一条减震沟和隔声墙，隔离地带均规划为绿化带，种植常绿的林木以增强隔声效果。通过绿化带、隔声墙、隔声建筑可将环境噪声控制在55分贝以下。

注：住宅技术经济指标未计入阳台面积。

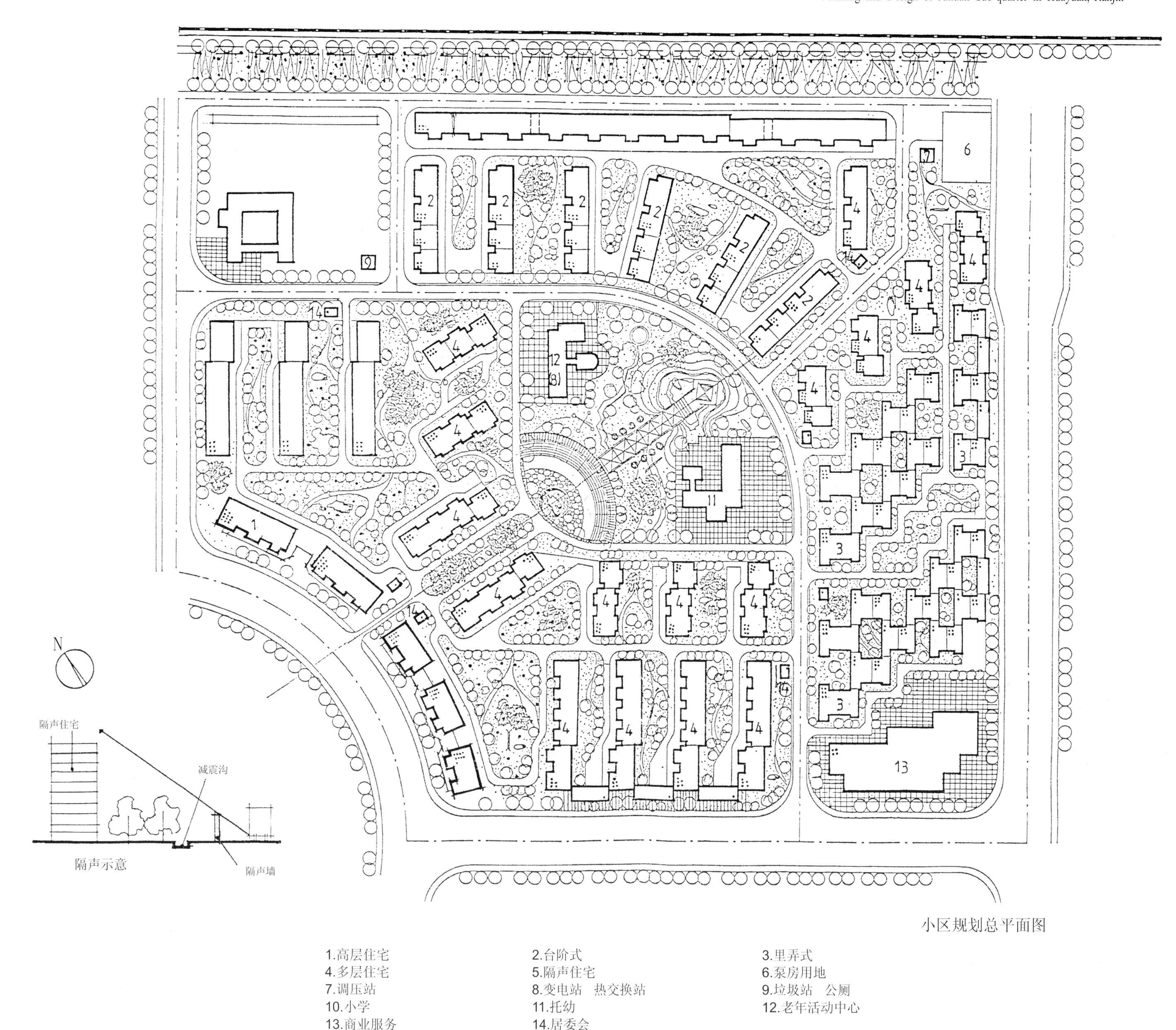

小区规划总平面图

1.高层住宅
2.台阶式
3.里弄式
4.多层住宅
5.隔声住宅
6.泵房用地
7.调压站
8.变电站　热交换站
9.垃圾站　公厕
10.小学
11.托幼
12.老年活动中心
13.商业服务
14.居委会

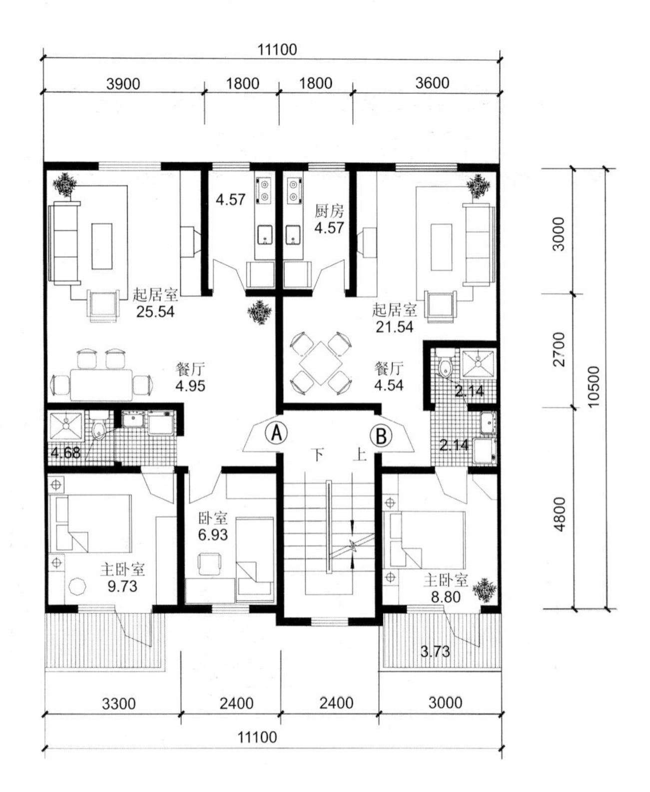

B型住宅南入口单元标准层平面图

户　型	建筑面积 (m^2)	使用面积 (m^2)	使用系数 (%)
Ⓐ二室一厅	67.3	51.45	76.4
Ⓑ一室一厅	52.5	39.19	75.0

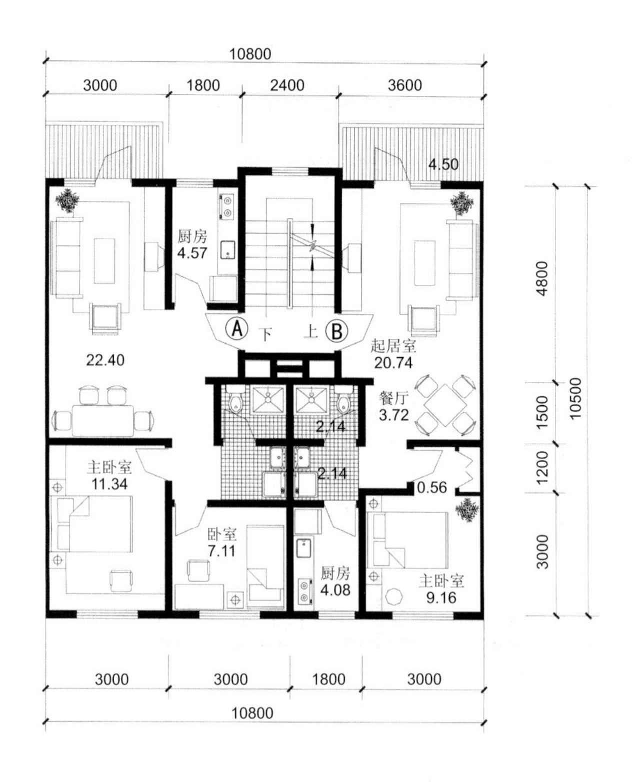

B型住宅北入口单元标准层平面图

户　型	建筑面积 (m^2)	使用面积 (m^2)	使用系数 (%)
Ⓐ二室一厅	64.7	49.7	76.8
Ⓑ一室一厅	51.8	38.82	74.9

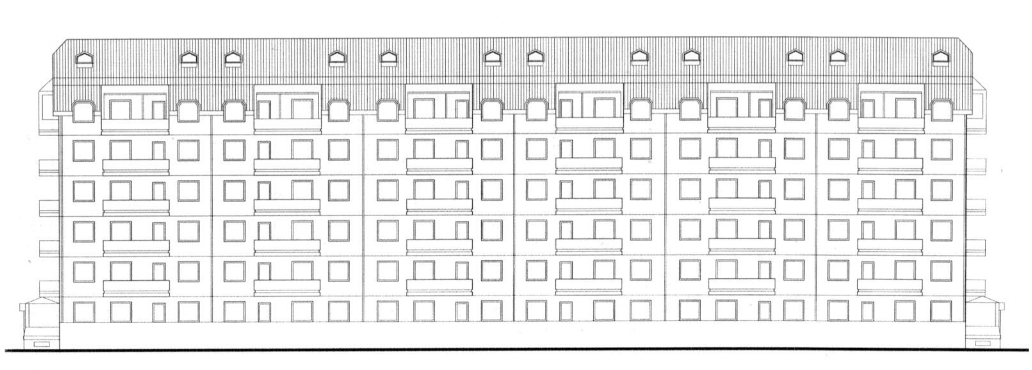

B型住宅南立面图

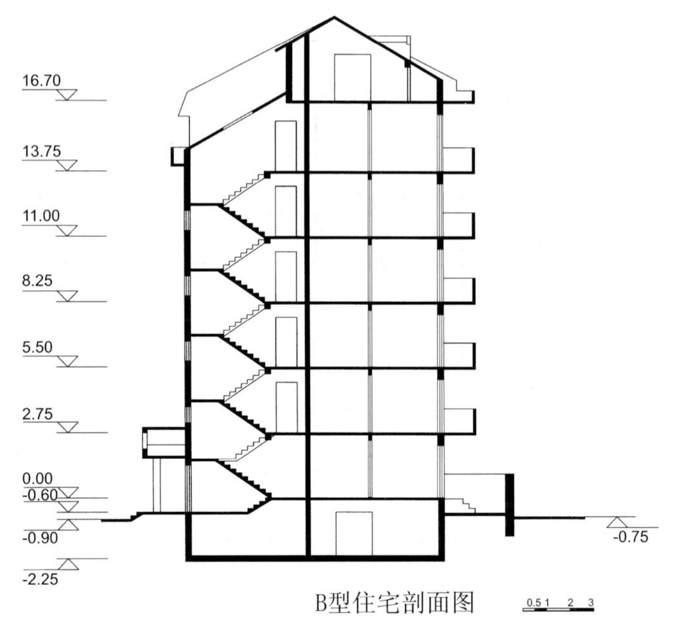

B型住宅剖面图

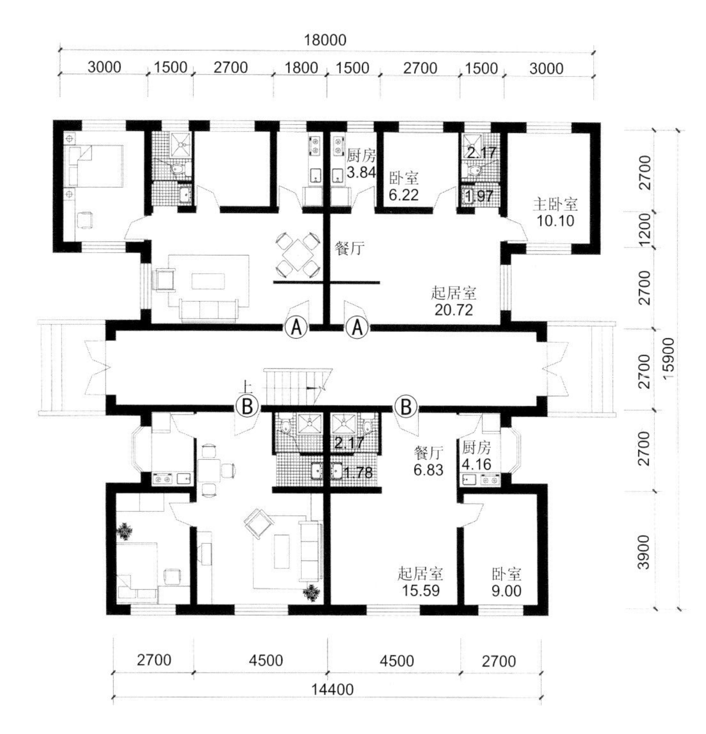

D型住宅首层平面图（1）

户　型	建筑面积 (m^2)	使用面积 (m^2)	使用系数 (%)
Ⓐ二室一厅	66.1	45.1	68.2
Ⓑ一室一厅	58.2	39.3	67.5

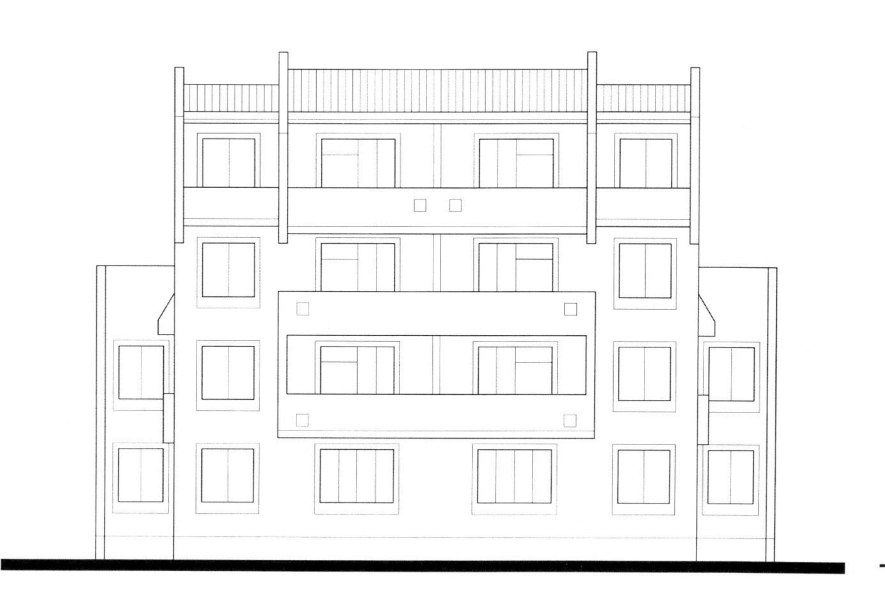

D-1型住宅南立面图

D型住宅标准层平面图（1）

户　型	建筑面积 (m^2)	使用面积 (m^2)	使用系数 (%)
Ⓐ二室一厅	70.35	48.6	69.0
Ⓑ二室一厅	66.1	45.1	68.2

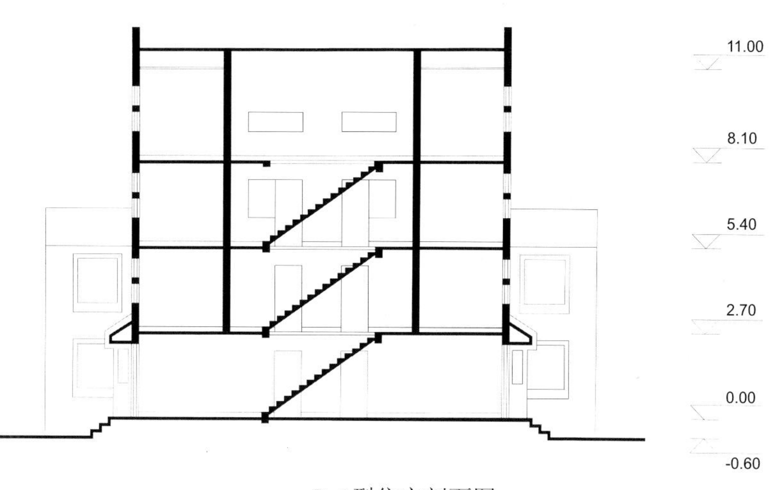

D-1型住宅剖面图

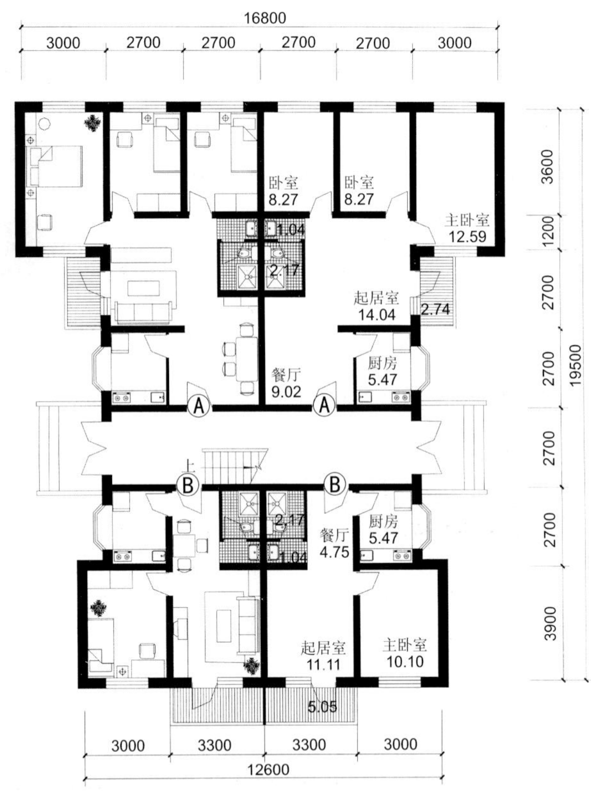

D型住宅首层平面图（2）

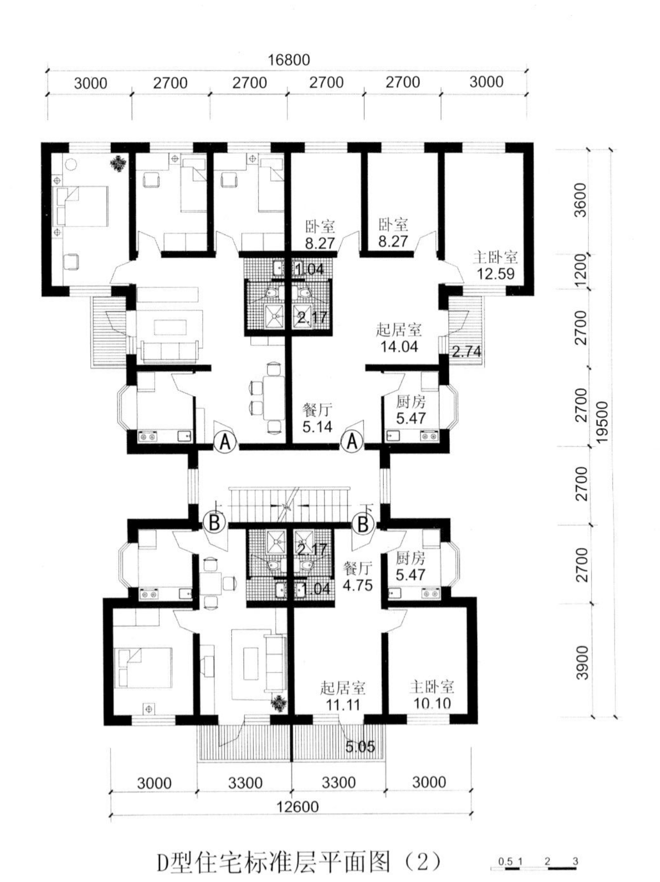

D型住宅标准层平面图（2）

户　型	建筑面积 (m^2)	使用面积 (m^2)	使用系数 (%)
Ⓐ三室一厅	82.2	60.9	76.0
Ⓑ一室一厅	50.0	34.2	68.4

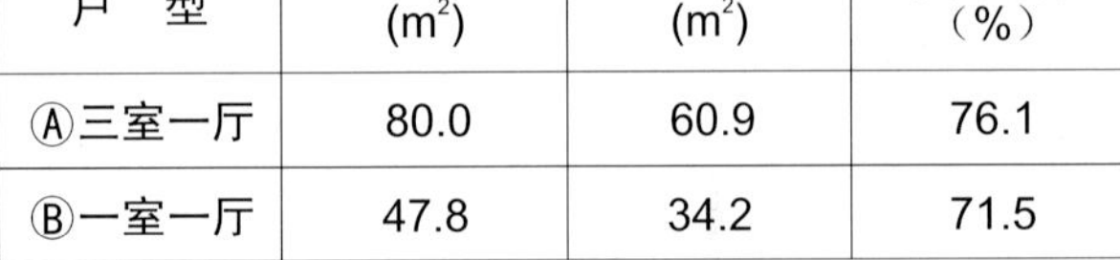

户　型	建筑面积 (m^2)	使用面积 (m^2)	使用系数 (%)
Ⓐ三室一厅	80.0	60.9	76.1
Ⓑ一室一厅	47.8	34.2	71.5

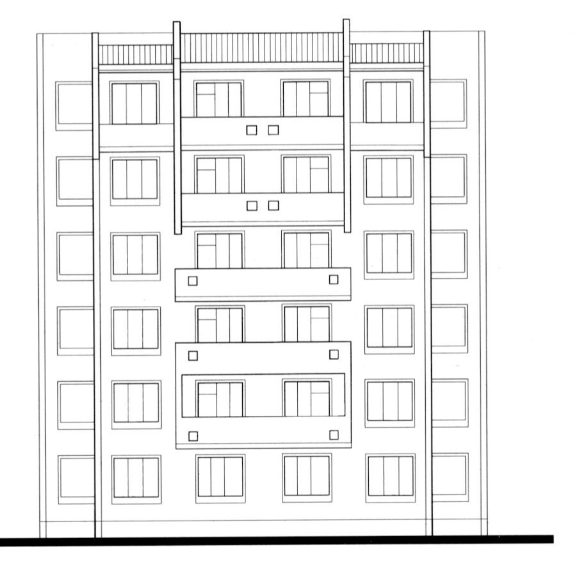

D-2型住宅南立面图

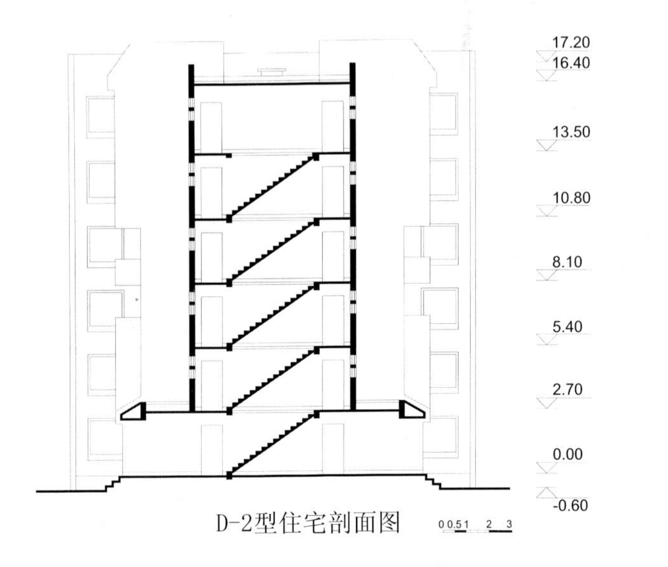

D-2型住宅剖面图

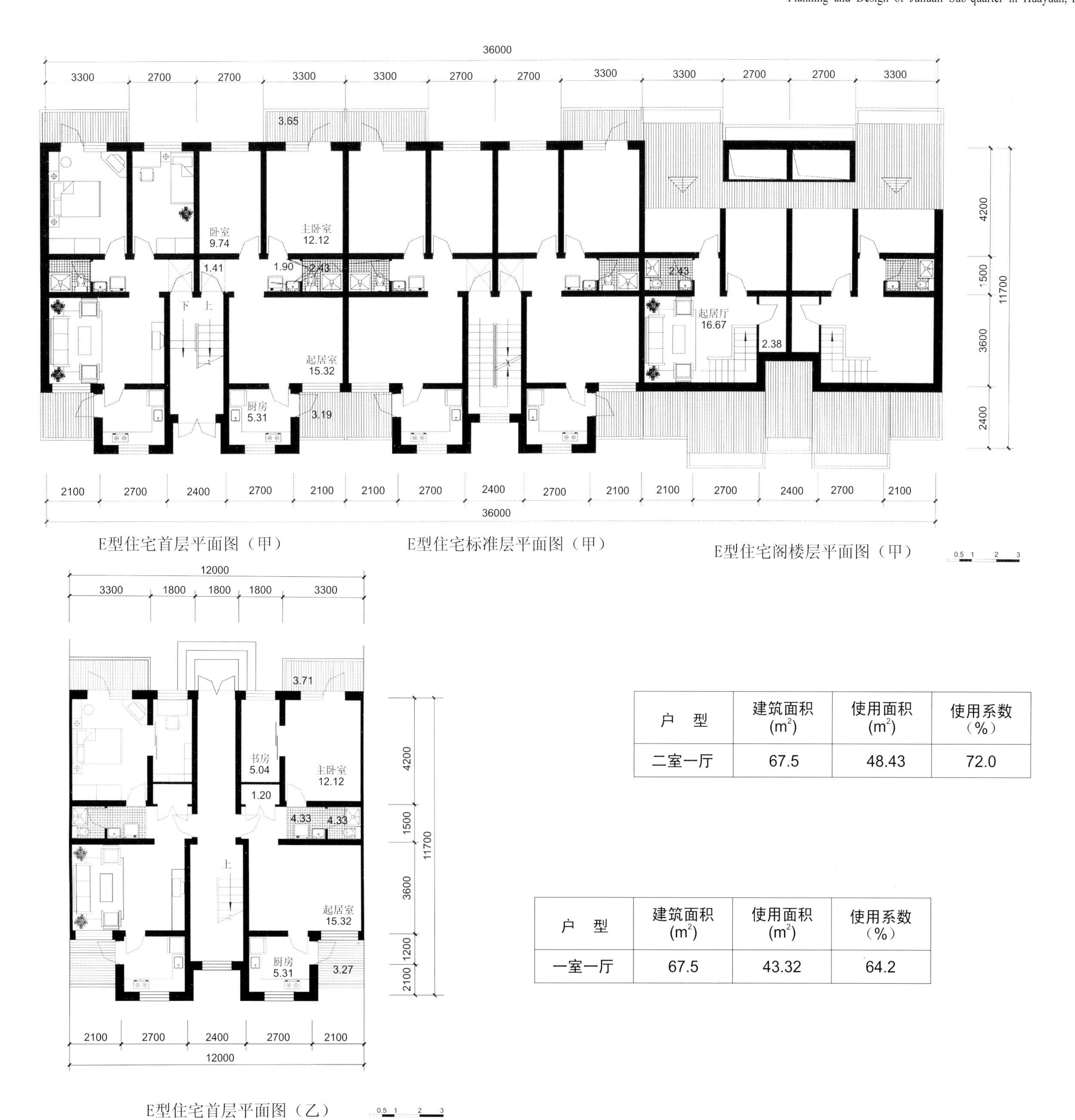

E型住宅首层平面图（甲）

E型住宅标准层平面图（甲）

E型住宅阁楼层平面图（甲）

户　型	建筑面积 (m^2)	使用面积 (m^2)	使用系数 （%）
二室一厅	67.5	48.43	72.0

户　型	建筑面积 (m^2)	使用面积 (m^2)	使用系数 （%）
一室一厅	67.5	43.32	64.2

E型住宅首层平面图（乙）

E型住宅立面图

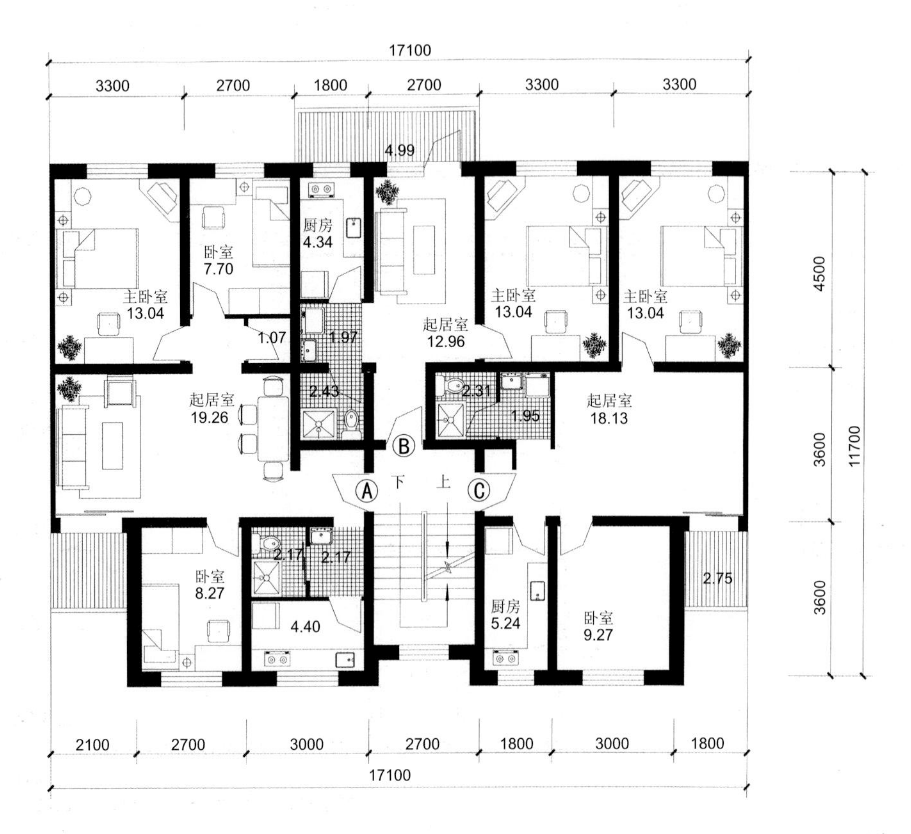

E型住宅标准层平面图（丙）

户　型	建筑面积 (m^2)	使用面积 (m^2)	使用系数 (%)
Ⓐ三室一厅	81.6	58.06	71.0
Ⓑ一室一厅	47.3	35.5	75.0
Ⓒ二室一厅	65.7	49.9	76.0

隔声住宅南立面图

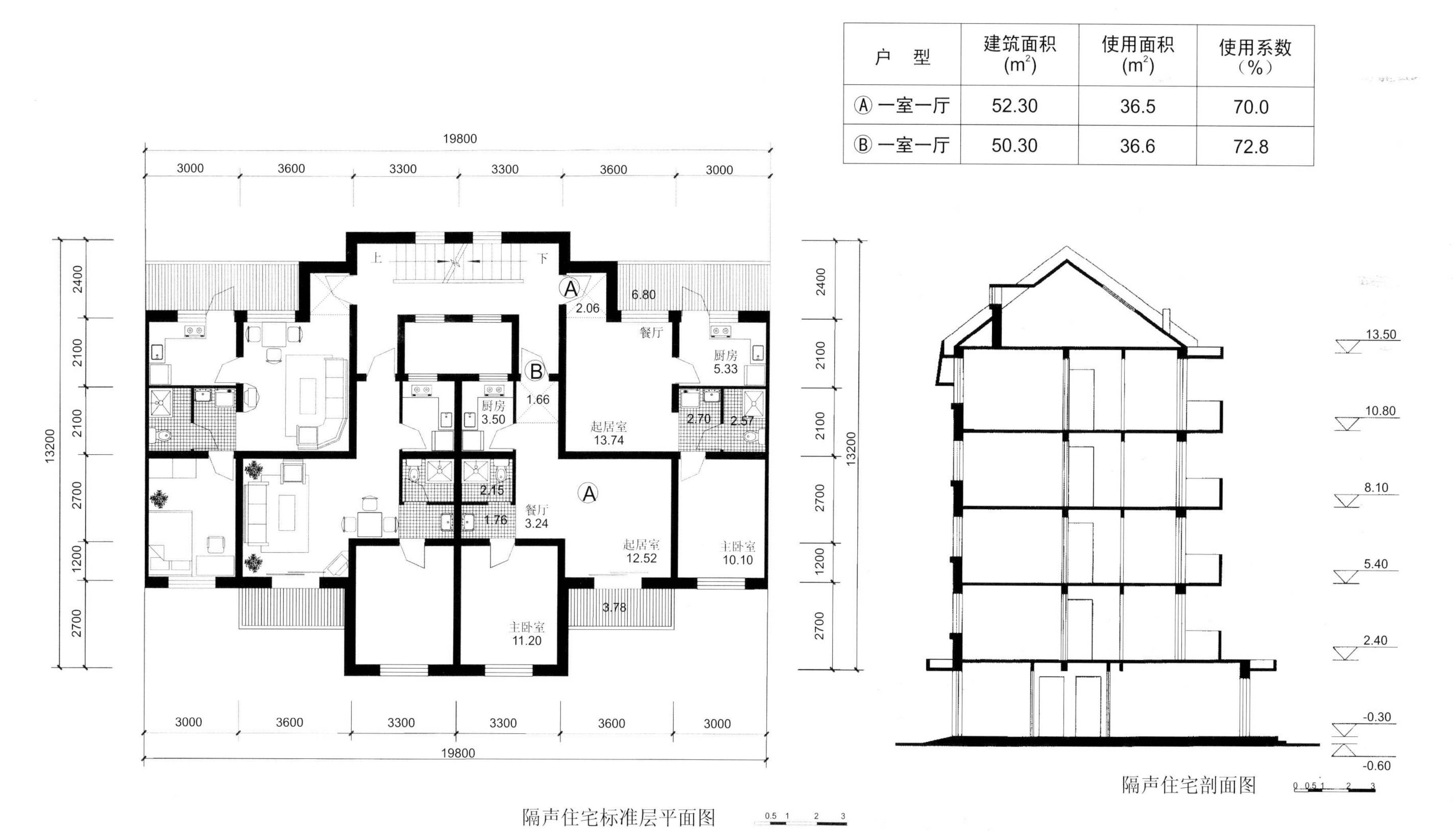

户　型	建筑面积 (m^2)	使用面积 (m^2)	使用系数 (%)
Ⓐ 一室一厅	52.30	36.5	70.0
Ⓑ 一室一厅	50.30	36.6	72.8

隔声住宅剖面图

隔声住宅标准层平面图

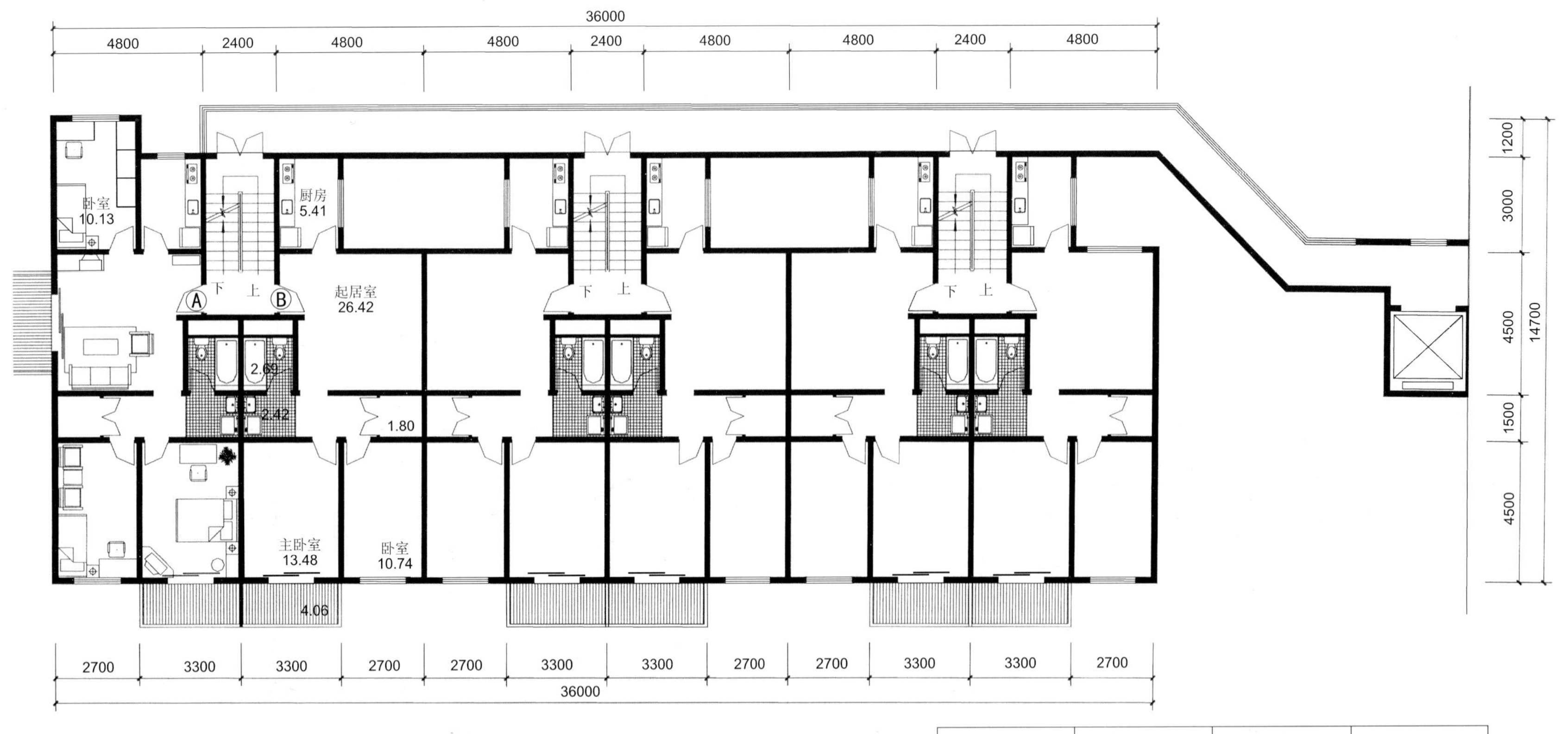

F型住宅标准层平面图

户　型	建筑面积 (m^2)	使用面积 (m^2)	使用系数 (%)
Ⓐ三室一厅	87.30	70.4	80.6
Ⓑ二室一厅	74.50	60.3	80.9

F型住宅西立面图

华苑居华里小区中高层住宅南立面（F型）

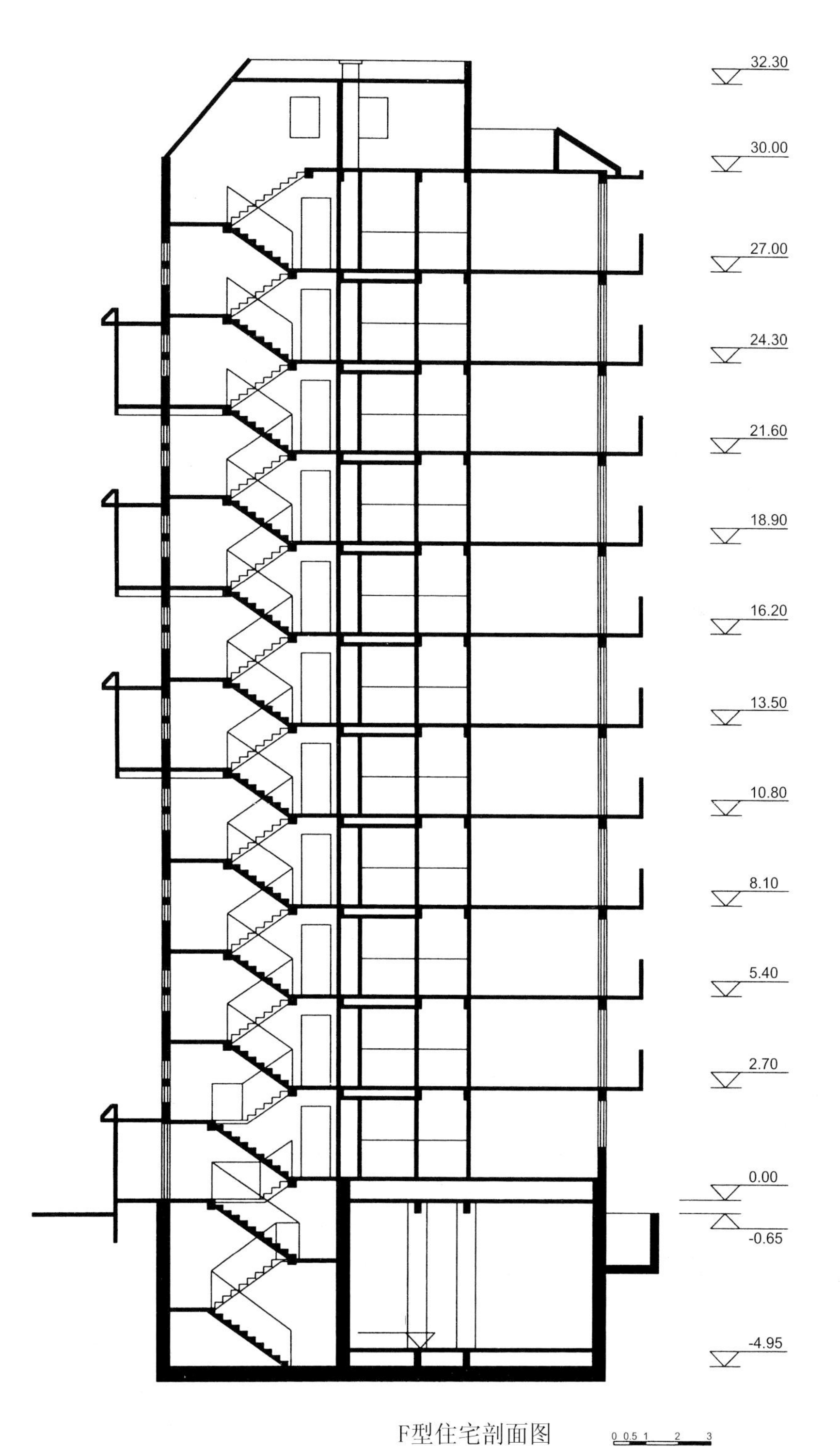

F型住宅剖面图

华苑碧华里中心绿地中的儿童游乐场

华苑碧华里小区活动中心

华苑碧华里小区C型住宅（1）

华苑碧华里小区C型住宅（2）

华苑碧华里小区C型住宅西南立面

华苑碧华里小区C型住宅东南立面

华苑碧华里小区C型住宅立面图

华苑碧华里小区E型住宅南立面

华苑碧华里小区高层住宅

华苑碧华里小区F型住宅南立面

华苑居华里全景鸟瞰

华苑居华里小区中心绿地鸟瞰

华苑居华里小区中心绿地

华苑居华里小区幼儿园

华苑居华里小区老年活动中心

华苑居华里小区E型住宅屋顶

华苑居华里小区入口

华苑居华里小区台阶式住宅（E型）

华苑居华里小区中低层高密度住宅

华苑居华里小区中高层住宅
北立面（F型）

天津立达公寓设计

Design of LEDAR Mansion in Tianjin

设 计 单 位：天津市建筑设计院
主要设计人：陈克理 李倩枚 王 悦 王 杨
陆 艺 李文藻 钱德超
摄 影：苏振涛 张 翚

立达公寓位于天津市南开区立达涉外居住小区的北侧，紧邻水上公园和滨侨别墅区。该公寓整体设计力求以较高的容积率，以亲自然、重文化的住宅观创造良好的居住环境。

技术经济指标：占地1.1公顷；总建筑面积69 000m²；住宅层数9层、26层; 容积率6.19；建筑密度62.7%；停车面积6 160m²；绿地面积400m²；车位数176辆。设计日期为1995年，竣工日期为1998年。

立达公寓总体布局采用对称格局，将两栋24层板塔式高层住宅和一栋9层板式中高层住宅沿南北向布置，形成南低北高的开敞院落空间。高层住宅以双枢纽的平面布局克服了传统的长外廊、长内廊日照和通风不良的缺陷，真正做到户户向阳。

为充分利用空间，沿板式住宅北侧做高架平台，下设两层地下车库，上面为花园平台。高层住宅以两道架空通廊与平台相通，形成立体交叉的步行空间，以满足人车分流，从而使花园平台成为居民共同享用的安全舒适的户外活动场地。车库出入口位于平台东西两端，既方便存车与管理，也避免车辆穿行。

公寓总体设计充分利用地形方整的特点，南北轴线从北侧双塔间的拱形会所贯穿平台影壁墙、水池、露天舞台直至板式住宅的巨型拱门，整体空间高低起伏富有变化。高层住宅立面采用三段式划分，顶部逐层退台，以尖塔作为结束，形成高低错落、丰富多彩的天际线。在建筑细部与庭院小品的设计中，采用西方古典柱廊、拱券、雕塑、亭廊，使整个建筑组群空间在风格上浑然一体，从而创造了一个和谐、亲切、自然、富有生活情趣和文化内涵的居住环境。

注:住宅技术经济指标未计入阳台面积。

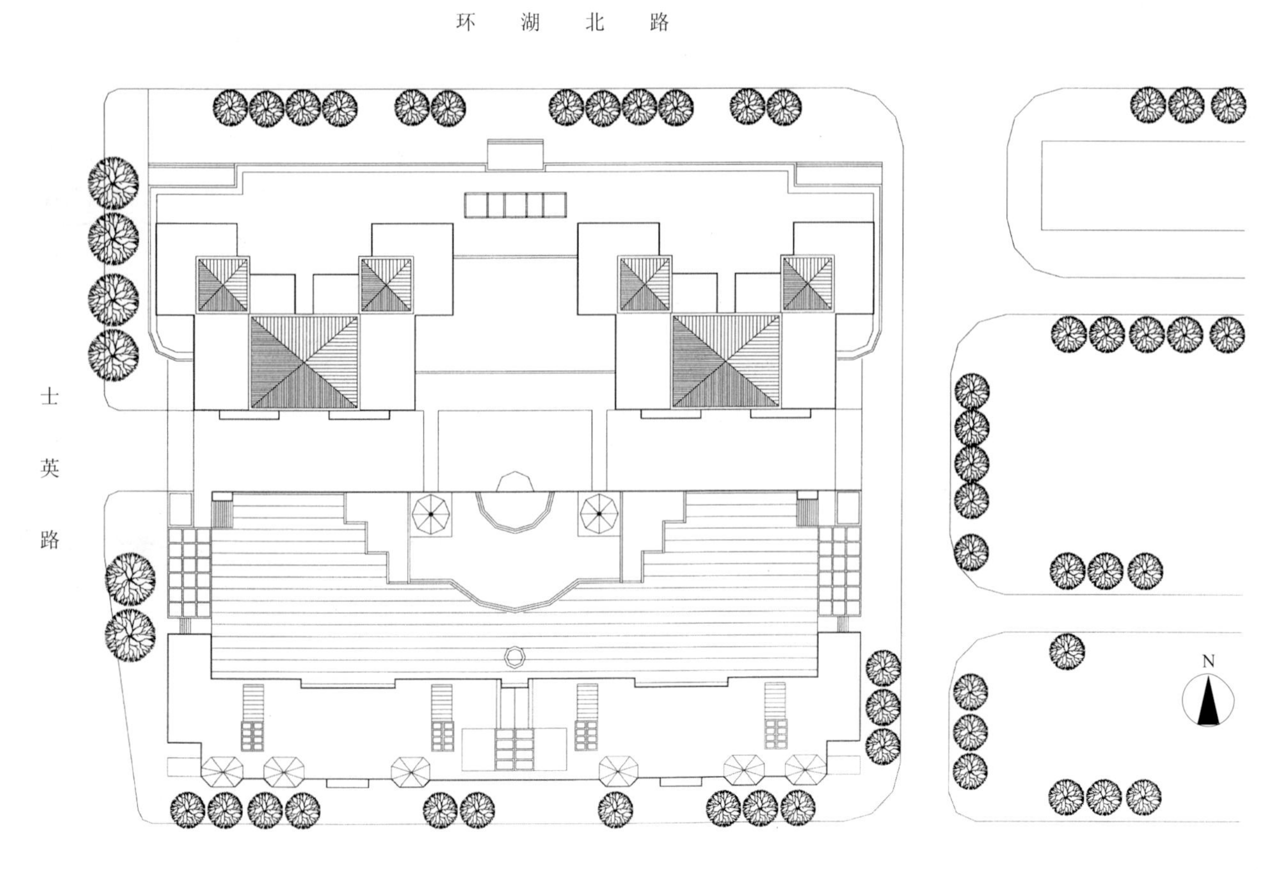

总平面图

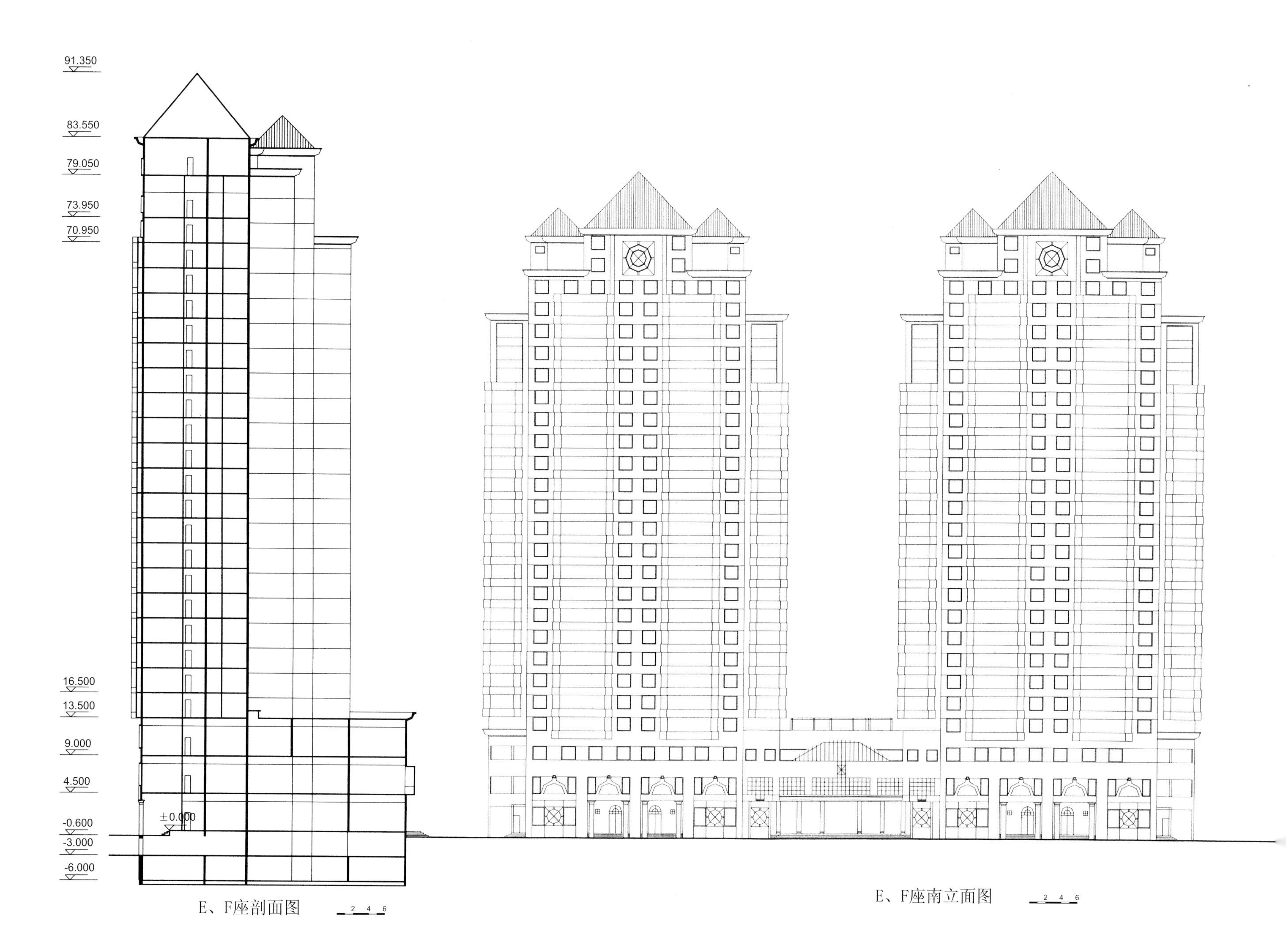

E、F座剖面图

E、F座南立面图

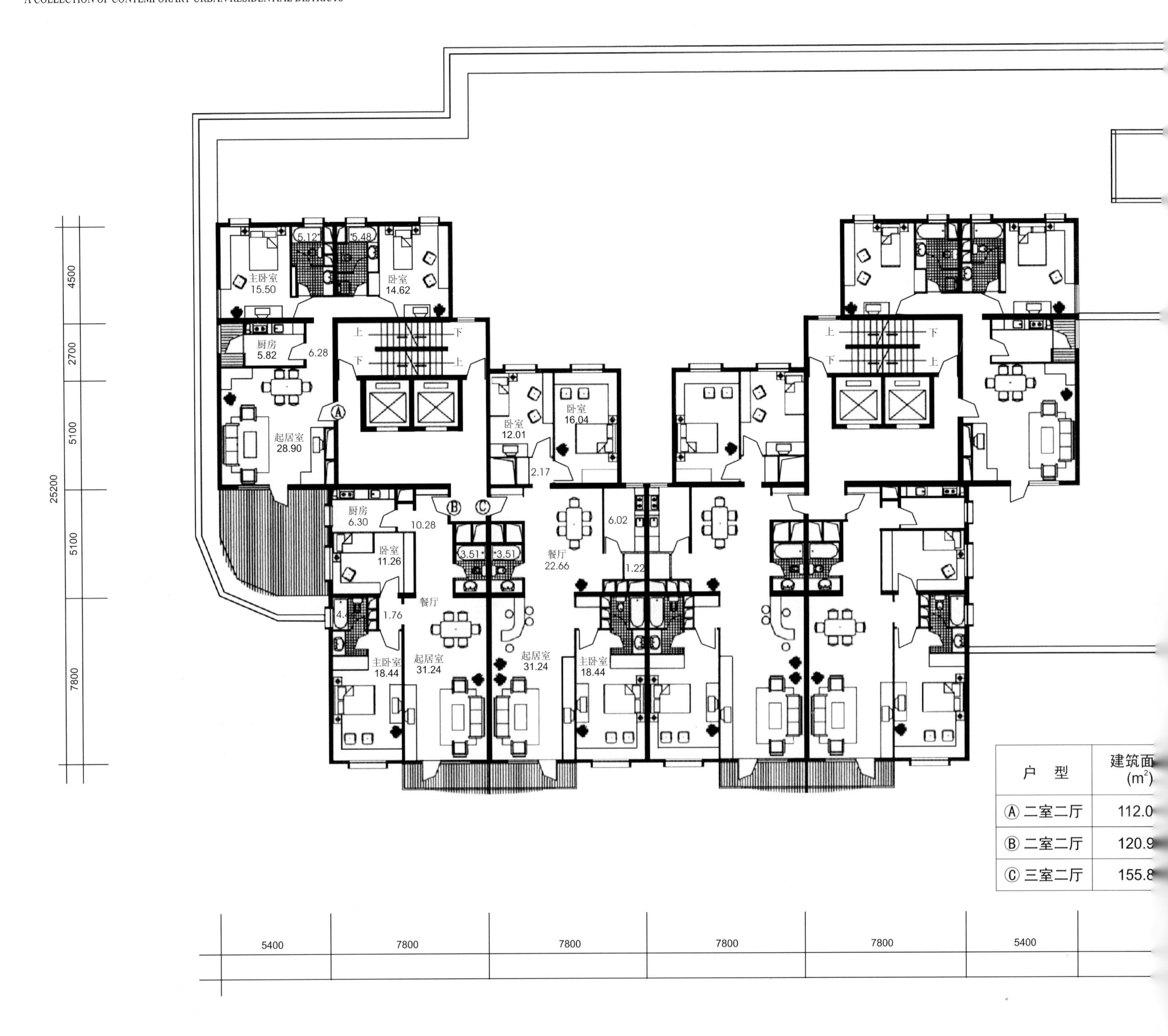

户　型	建筑面 (m²)
Ⓐ 二室二厅	112.0
Ⓑ 二室二厅	120.9
Ⓒ 三室二厅	155.8

用面积 (m²)	使用系数 (%)
.72	73.0
.23	72.2
.75	75.5

E、F座四层平面图

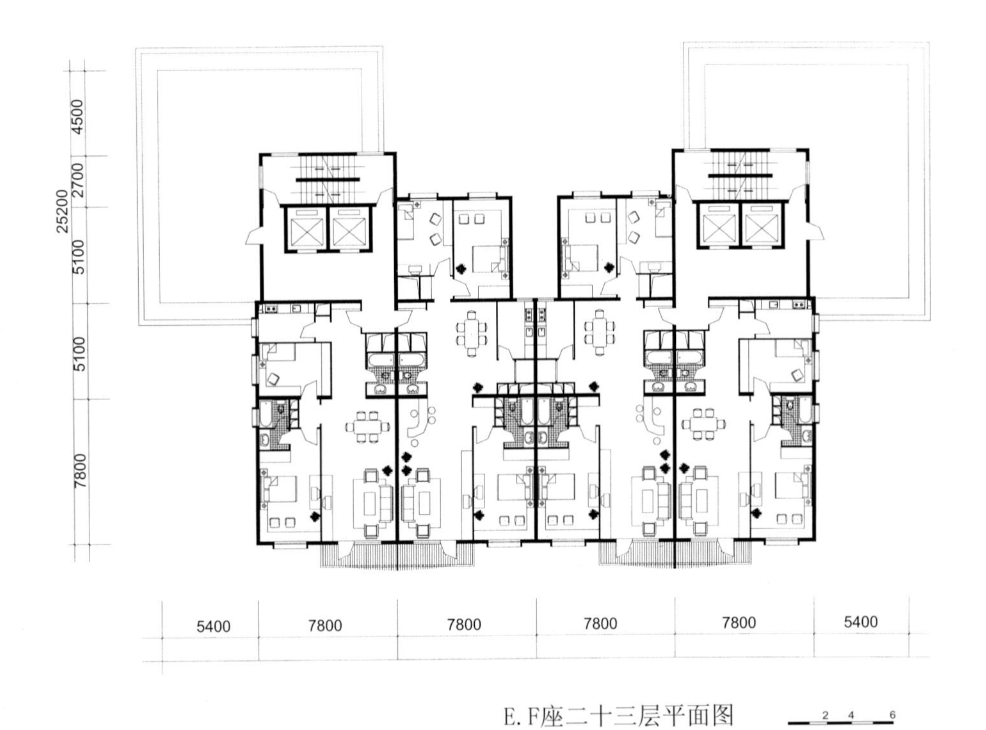

E. F座二十三层平面图

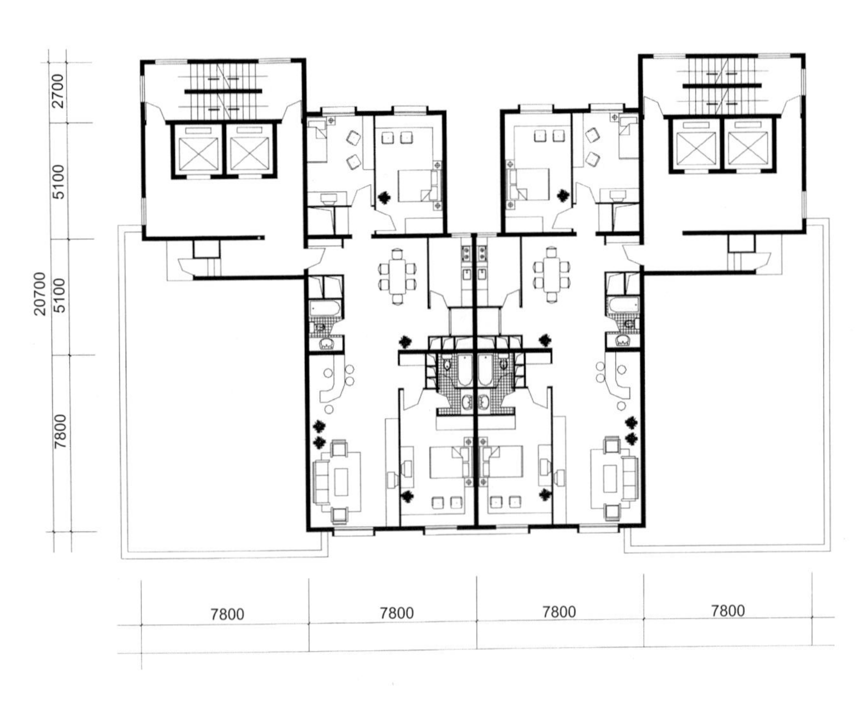

E、F座二十四层平面图

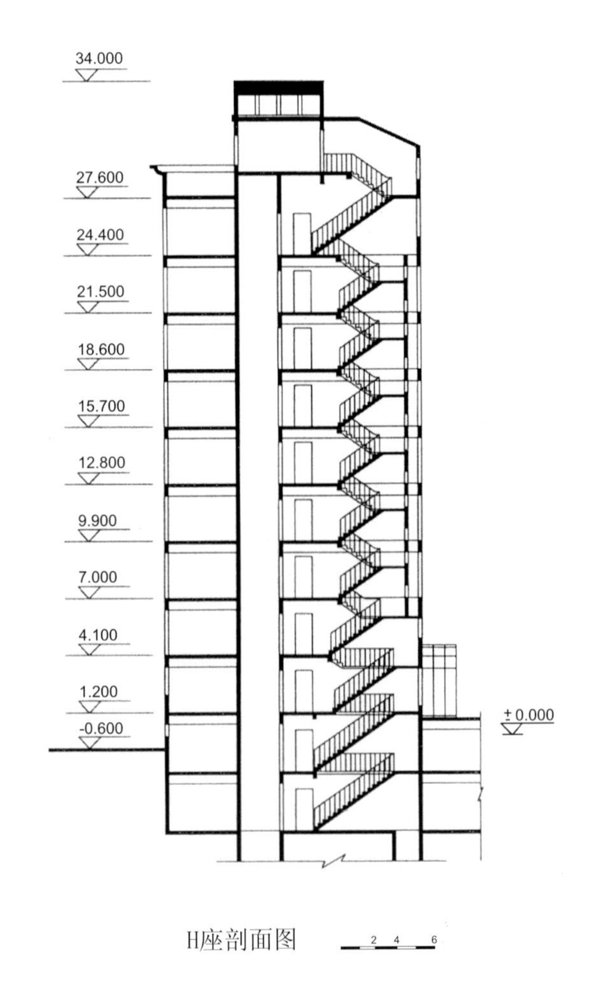

H座剖面图

E、F座北立面图

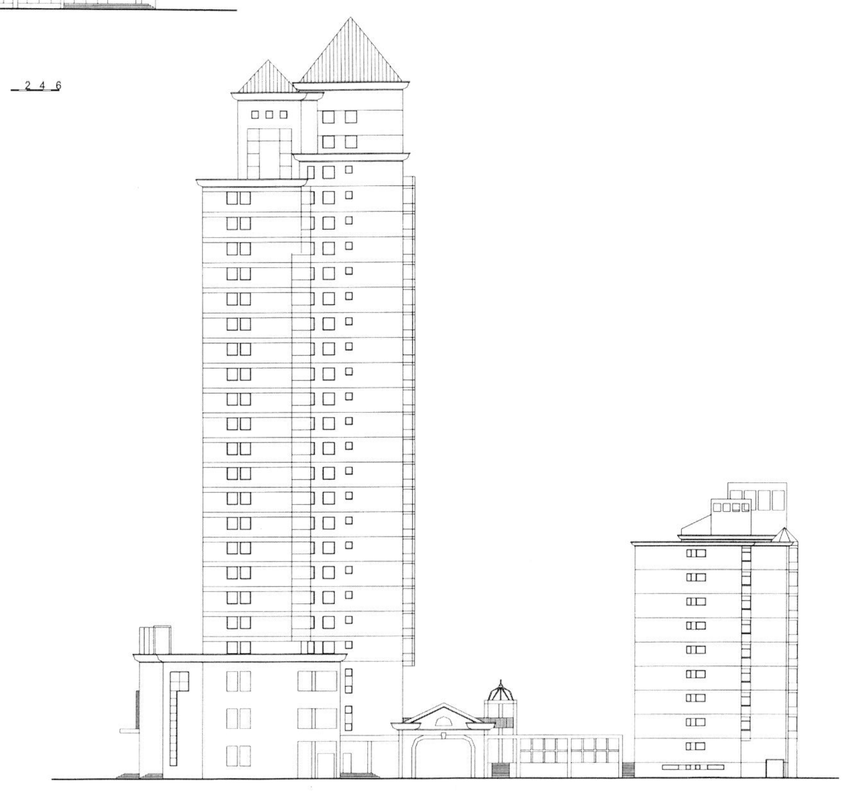

E、H座西立面图

户　型	建筑面积 (m^2)	使用面积 (m^2)	使用系数（%）	阳台面积 (m^2)
Ⓐ 三室二厅	178.20	135.64	76.1	12.90
Ⓑ 三室二厅	183.96	148.02	80.5	6.63
Ⓒ 二室二厅	128.27	106.01	82.6	3.23

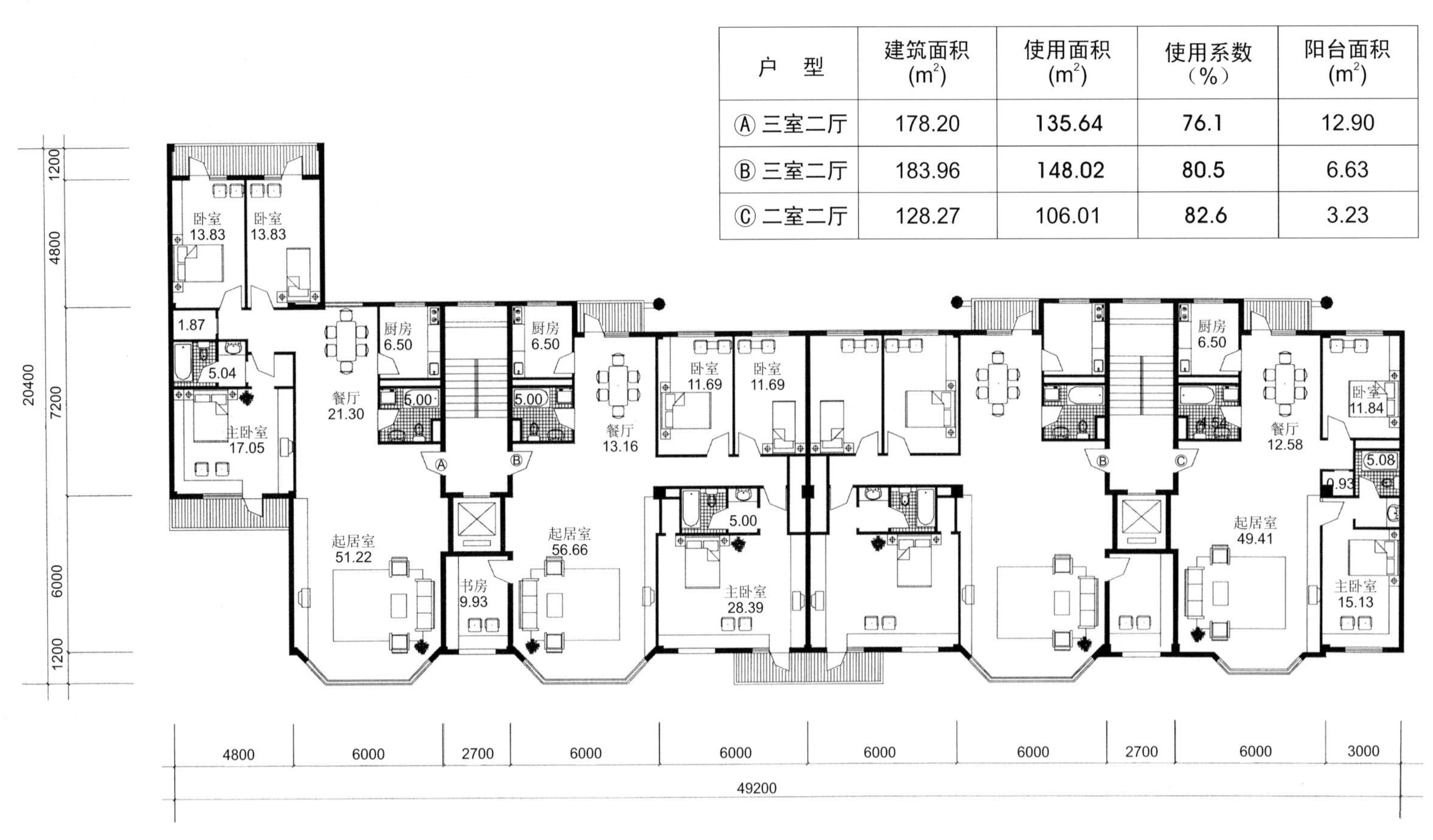

H座标准层平面图

H座南立面图

天津天娇园规划设计

Planning and Design of Tianjiao Garden in Tianjin

设 计 单 位：天津市建筑设计院
工程主持人：陈克里 建筑负责人：李倩玫
摄 影：苏振涛 张 翚

天娇园位于天津市马场道，西临天津市干部俱乐部，北依天津市自然博物馆，东北方向比邻天津市目前最大的现代全景游乐中心“蔓乐国际文化交流中心”，东南方向是天津迎宾馆。该小区地势平坦，视野开阔，环境优越，交通便利。

技术经济指标：规划占地3.5公顷；总建筑面积49 248m^2；容积率1.39；绿化率41.5%；停车位177个。

该小区的住宅建筑以西洋古典风格统领全局，景观设计独具匠心。整个小区建筑自东南向西北逐渐增高，其中心绿地沿北向南，景观层次丰富，并有凉亭、喷泉、欧式柱廊、雕塑小品点缀其间。因为过去此处为旧英租界的赛马场，旧址拆迁后，借用绿化中心的一匹铜马以期达到一种文脉上的关联。小区中由砖红色花岗岩砌筑的喷泉叠水，构成一幅优美的人工景观，成为小区绿地的趣味中心。小区中心绿地的景观设计，动静有序，生机盎然。

中高层住宅规划在小区北侧，在小区中心轴线上开出门洞，沟通由中高层住宅围合起来的内庭与中心绿地的景观联系。多层住宅栋间绿地布置优美，小品设计细微，宜于住户交往。独院式住宅造就了浓郁的居住氛围。

天娇园住宅户型类别齐全，平面设计合理，匠心独具，标准高，户型面积大，是天津市的豪华型住宅区。其住宅立面设计典雅，与幽静的环境相得益彰。

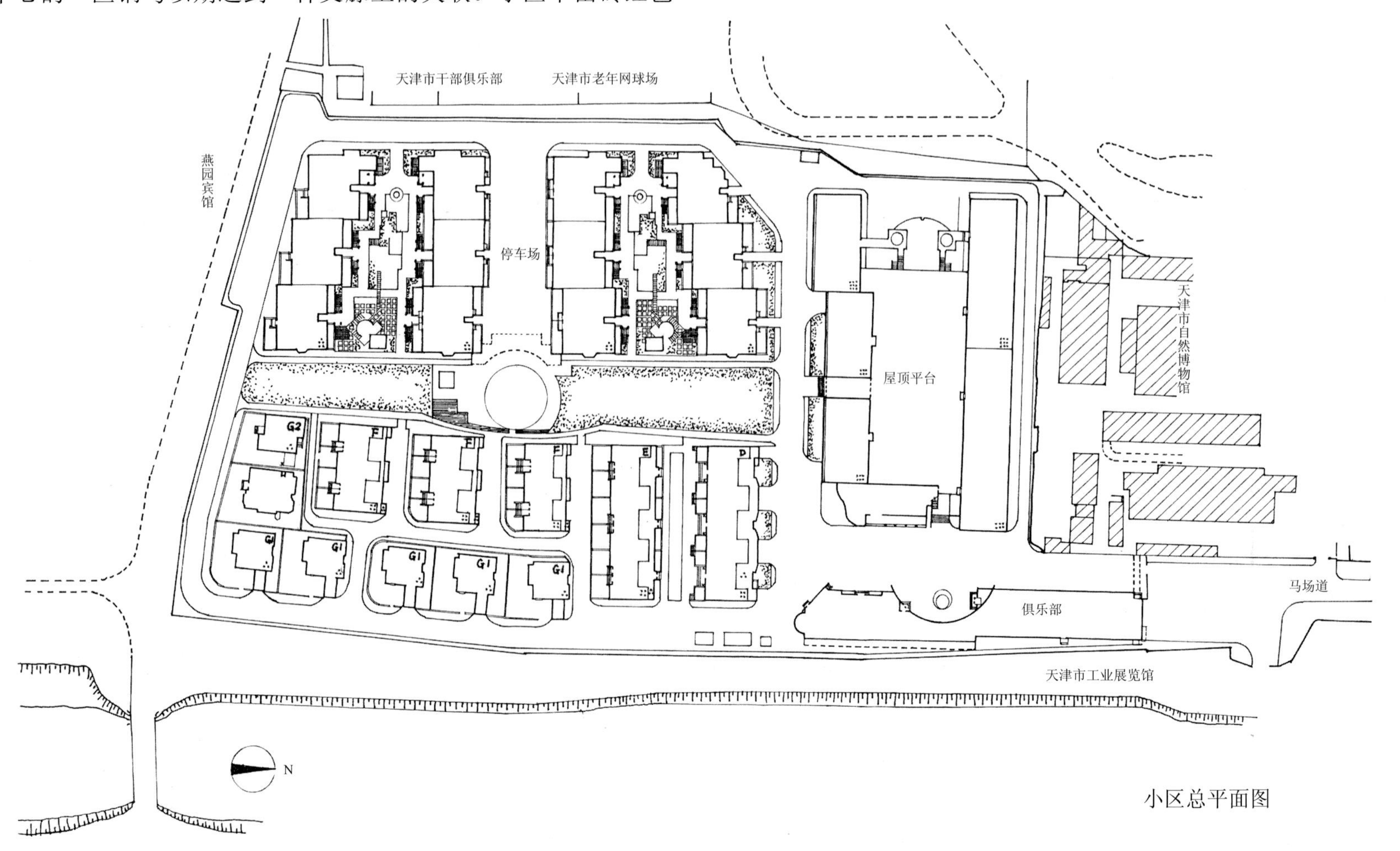

小区总平面图

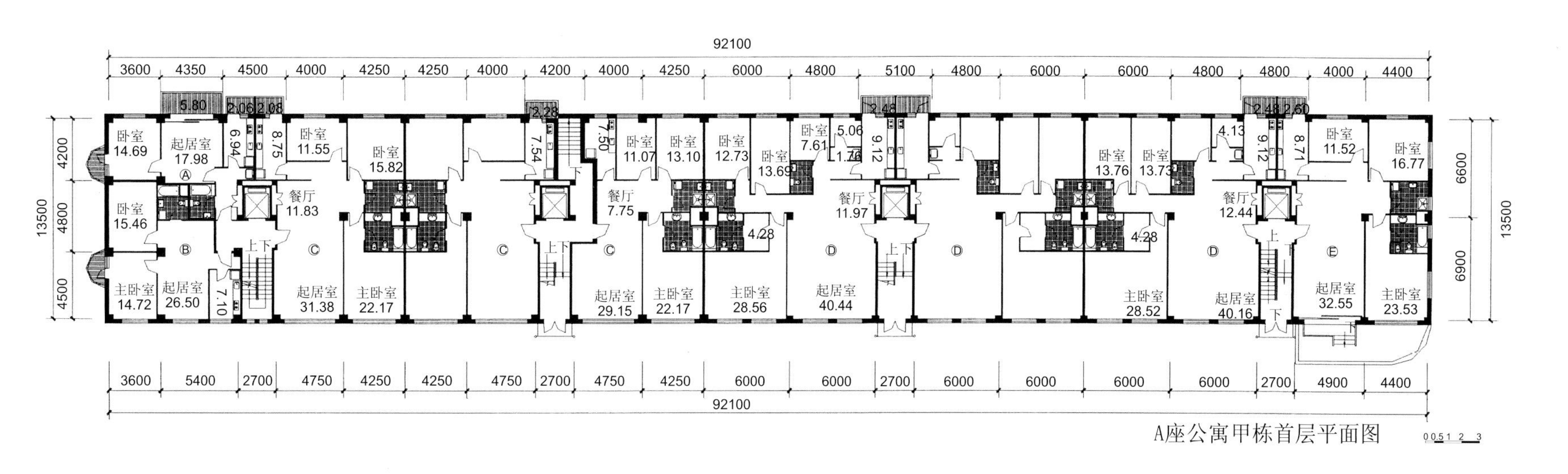

A座公寓甲栋首层平面图

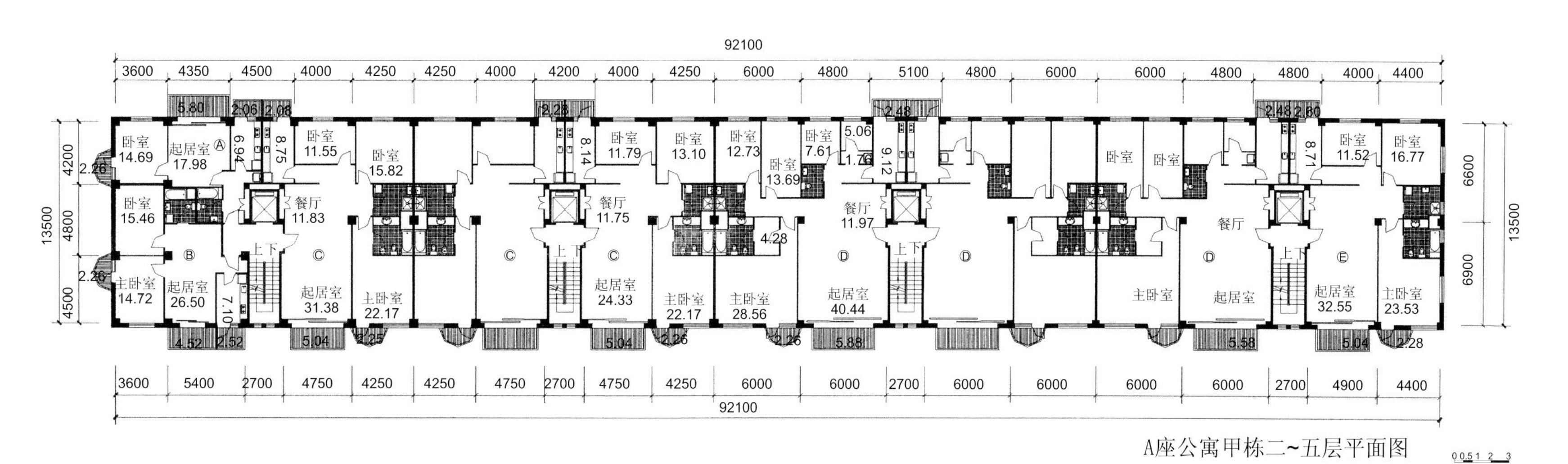

A座公寓甲栋二~五层平面图

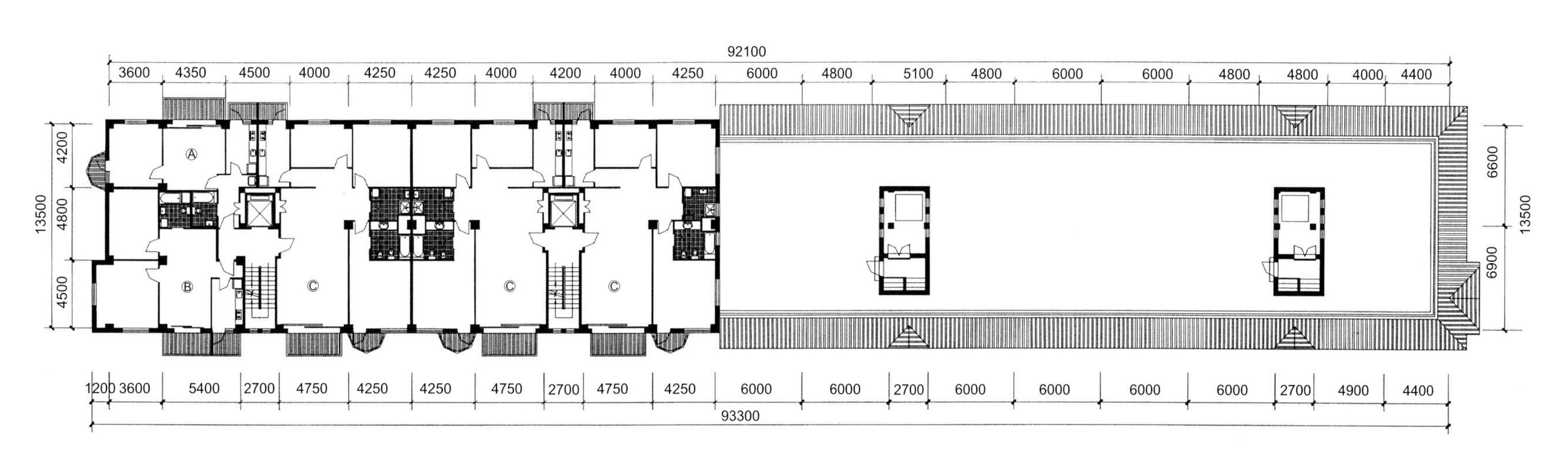

A座公寓甲栋七层平面图

A座公寓甲栋技术经济指标

户　型	建筑面积 (m^2)	使用面积 (m^2)	使用系数 (%)
Ⓐ 一室一厅	62.91	49.95	79.4
Ⓑ 二室一厅	87.40	67.47	77.2
Ⓒ 三室二厅	154.40	122.44	79.3
Ⓓ 四室二厅	204.32	160.99	78.8
Ⓔ 三室一厅	162.76	126.79	77.9

A座公寓乙栋技术经济指标

户　型	建筑面积 (m^2)	使用面积 (m^2)	使用系数 (%)
Ⓐ 三室二厅	188.35	134.87	71.6
Ⓑ 三室一厅	143.05	105.01	73.3
Ⓒ 四室二厅	200.50	146.29	73.0

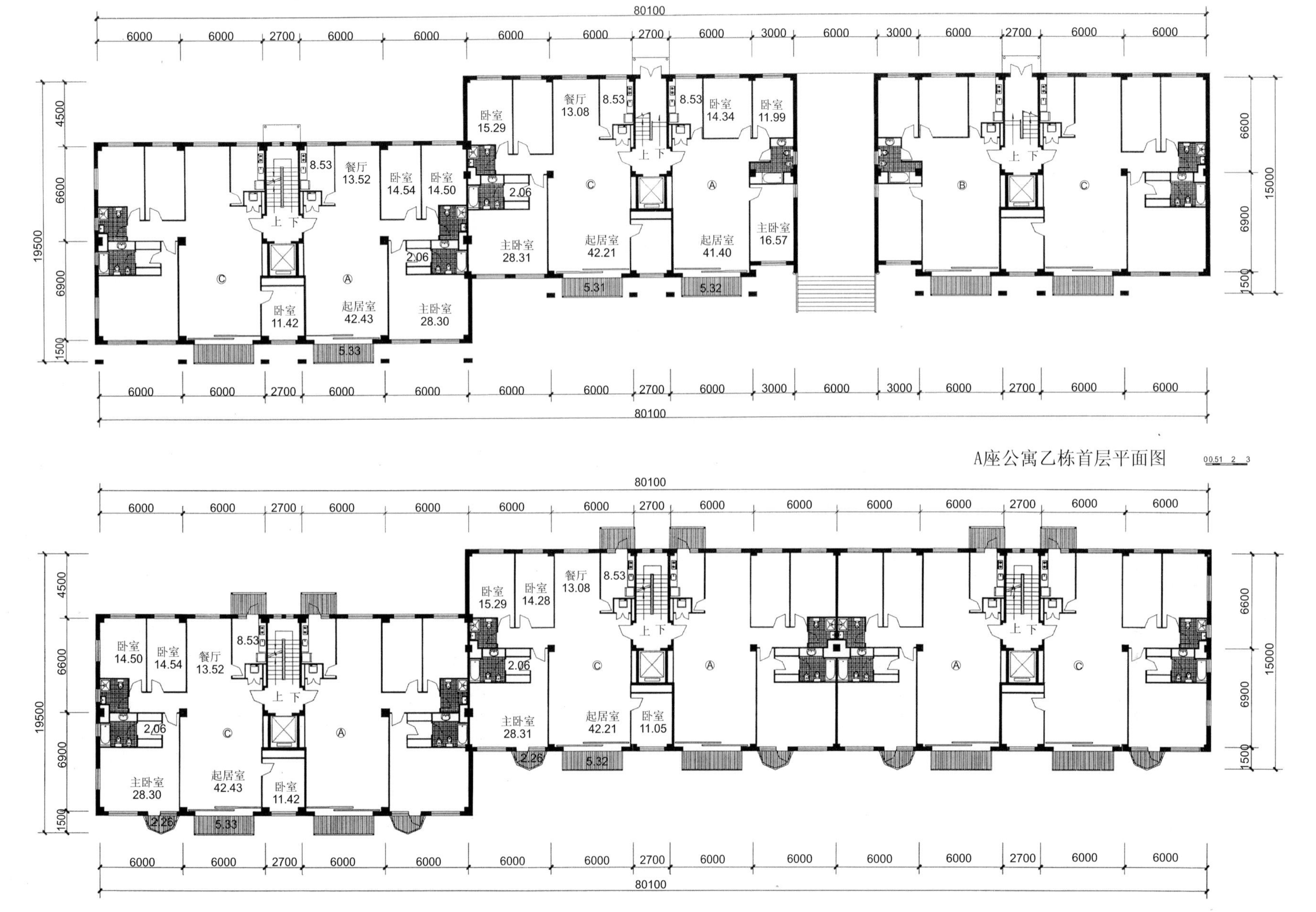

A座公寓乙栋首层平面图

A座公寓乙栋四~五层平面图

A座公寓乙栋跃层住宅技术经济指标

户　型	建筑面积 (m^2)	使用面积 (m^2)	使用系数 (%)
Ⓐ 六室二厅	369.32	260.00	70.4
Ⓑ 三室三厅	270.94	193.72	71.5

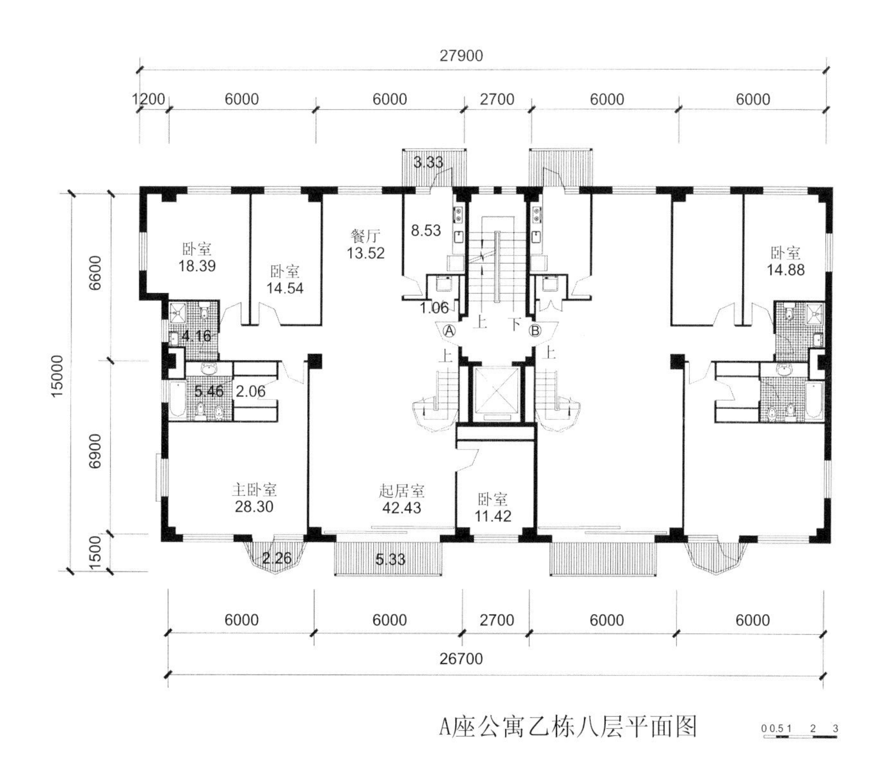

A座公寓乙栋八层平面图

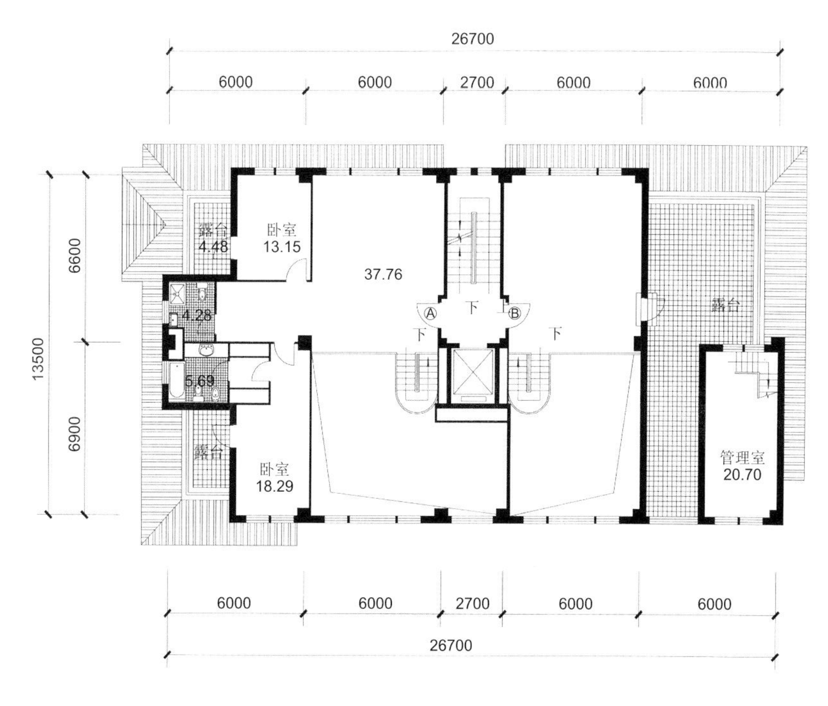

A座公寓乙栋九层平面图

A座公寓甲栋南立面图

A座公寓甲栋北立面图

A座公寓乙栋南立面图

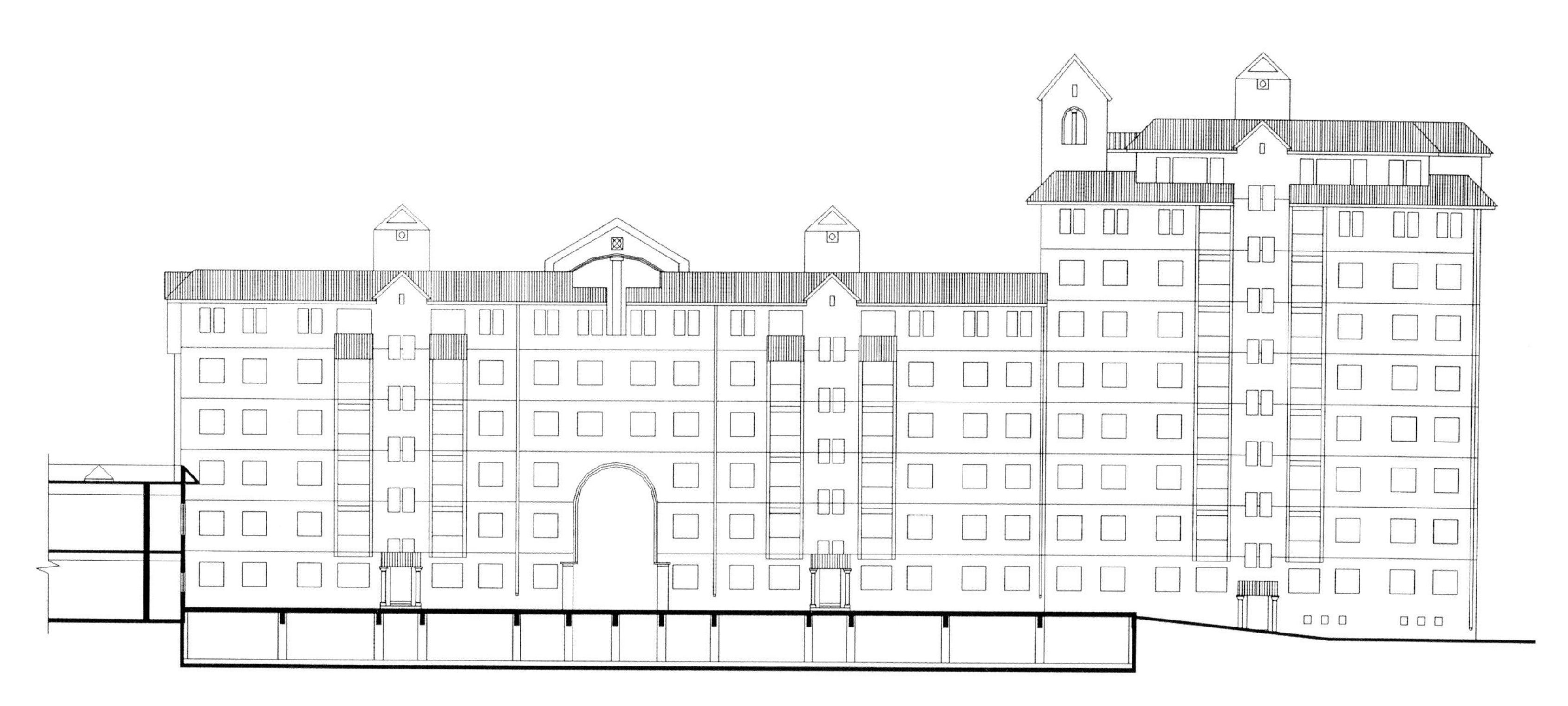

A座公寓乙栋北立面图

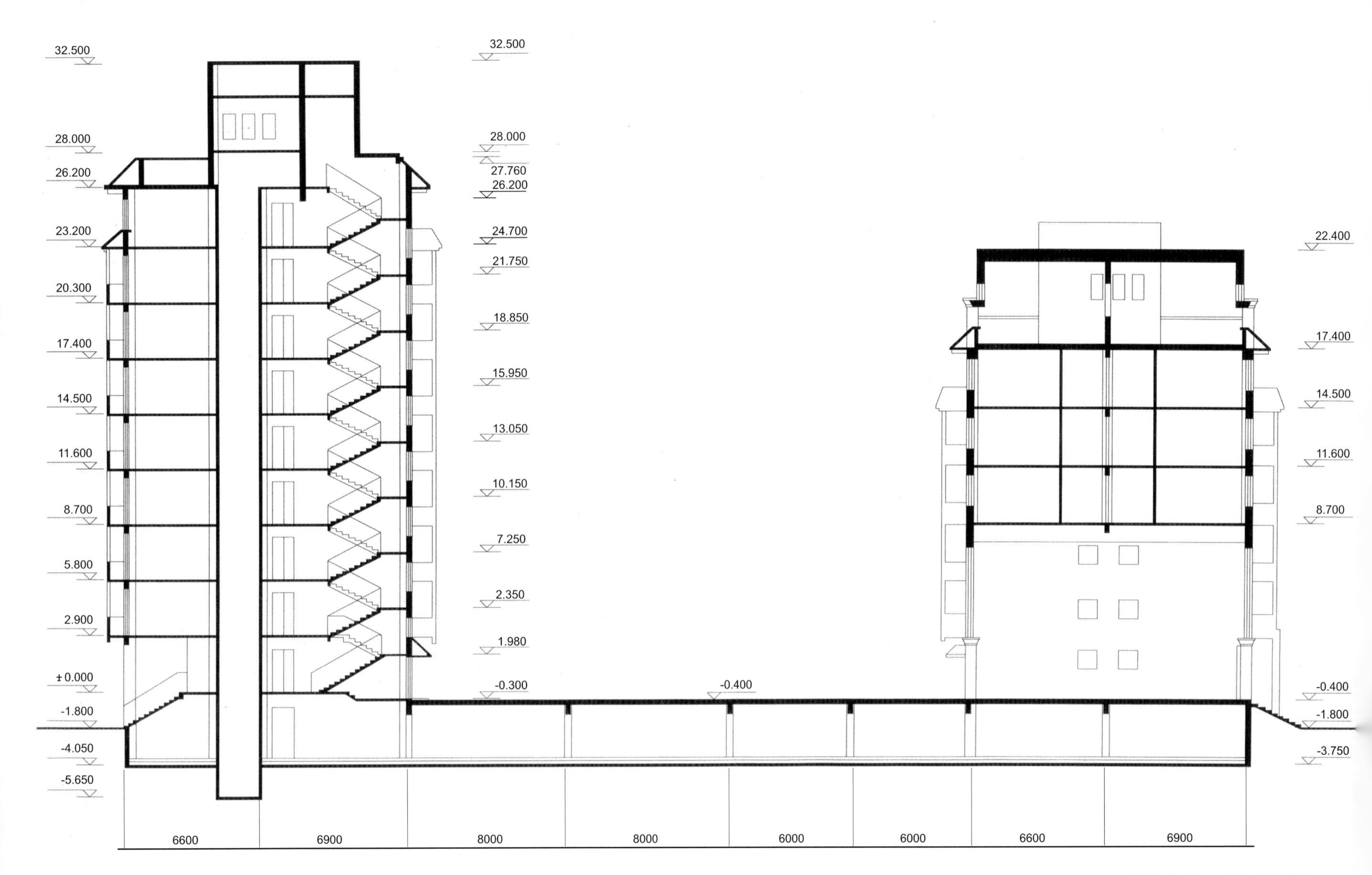
32.500
28.000
26.200
23.200
20.300
17.400
14.500
11.600
8.700
5.800
2.900
±0.000
-1.800
-4.050
-5.650
32.500
28.000
27.760
26.200
24.700
21.750
18.850
15.950
13.050
10.150
7.250
2.350
1.980
-0.300
-0.400
22.400
17.400
14.500
11.600
8.700
-0.400
-1.800
-3.750
6600
6900
8000
8000
6000
6000
6600
6900

A座公寓甲、乙栋剖面图

E型住宅首层平面图

户　型	建筑面积 (m^2)	使用面积 (m^2)	使用系数 (%)
五室二厅	235.39	191.29	81.3

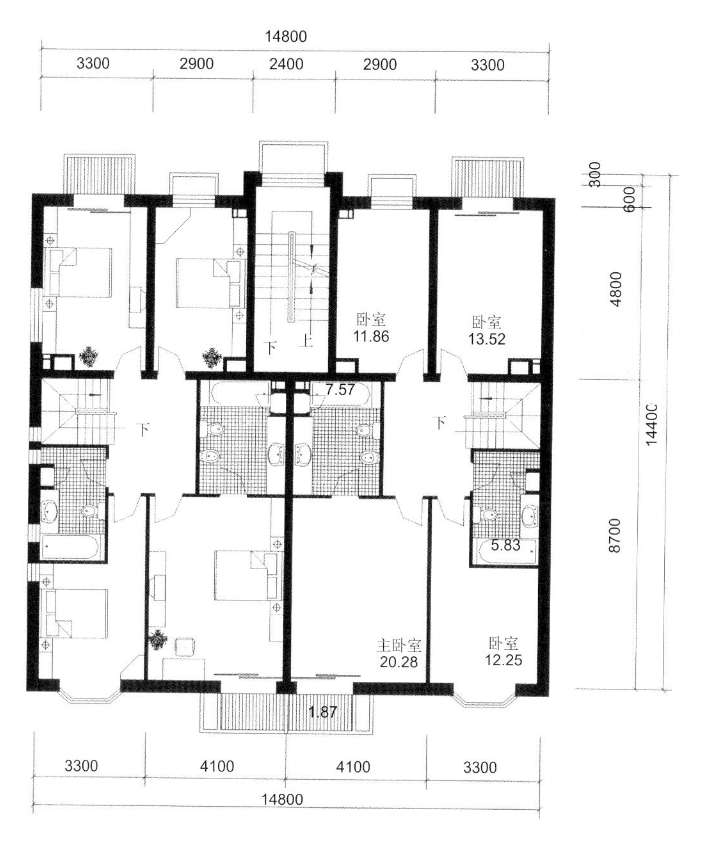

E型住宅二层平面图

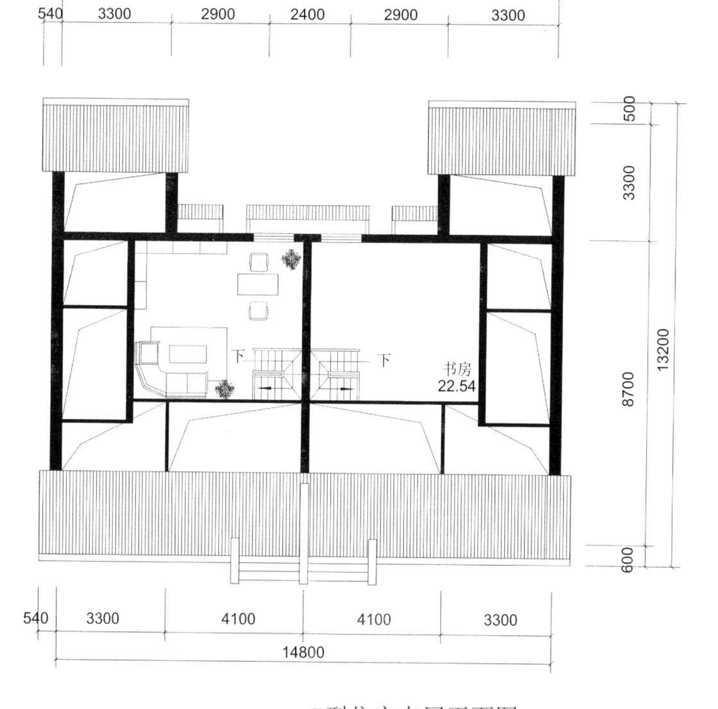

E型住宅夹层平面图

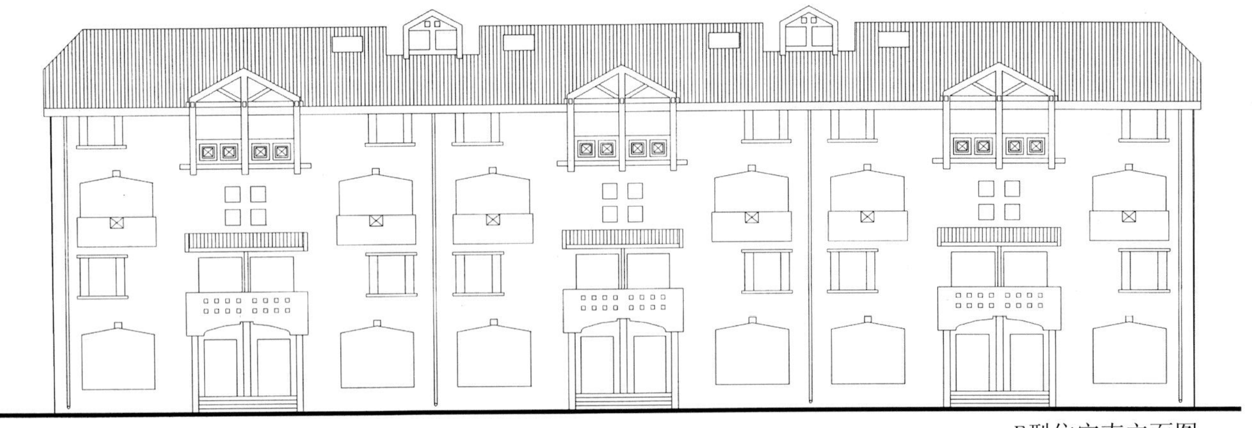

E型住宅南立面图

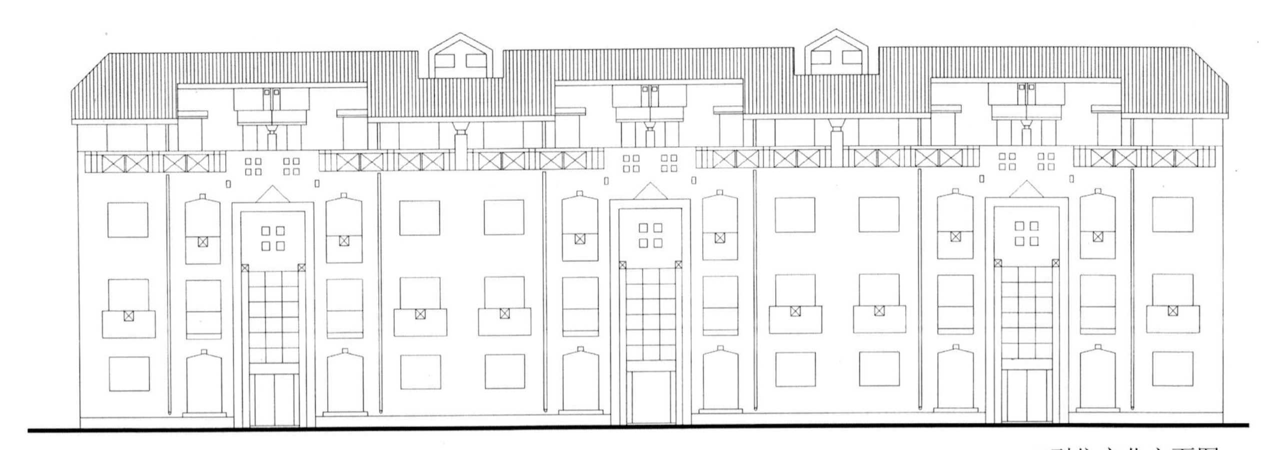

E型住宅北立面图

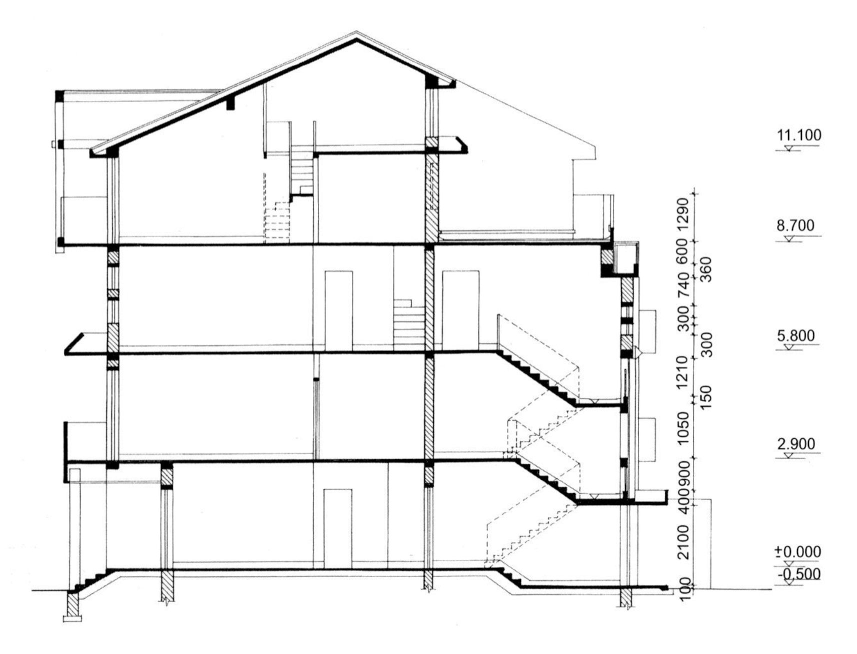

E型住宅剖面图

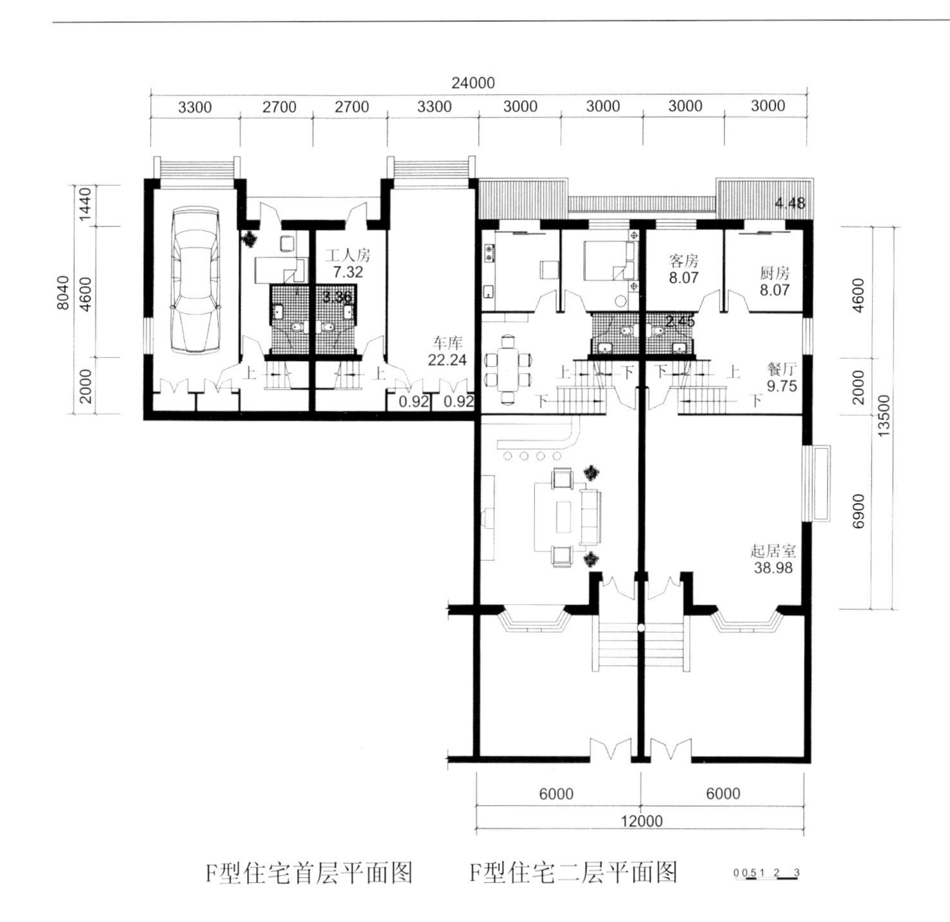

F型住宅首层平面图　F型住宅二层平面图

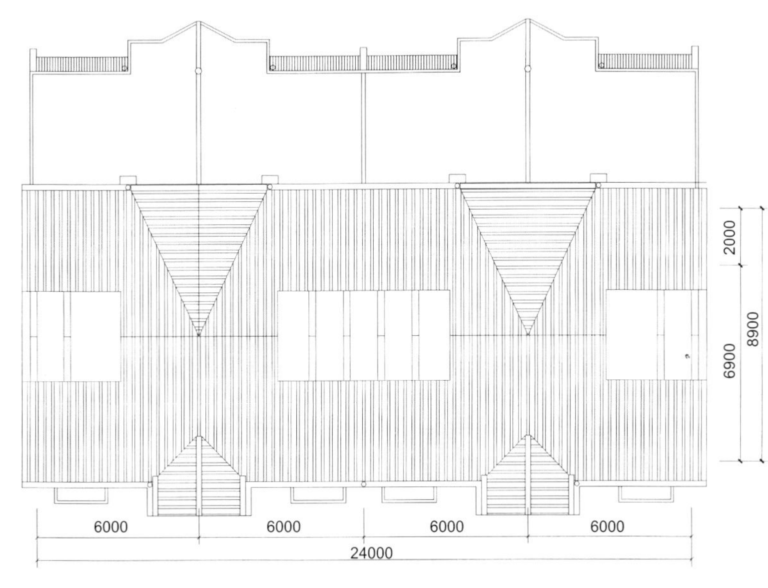

F型住宅屋顶平面图

户　型	建筑面积 (m^2)	使用面积 (m^2)	使用系数（%）
六室三厅（带车库）	278.58	236.43	84.9

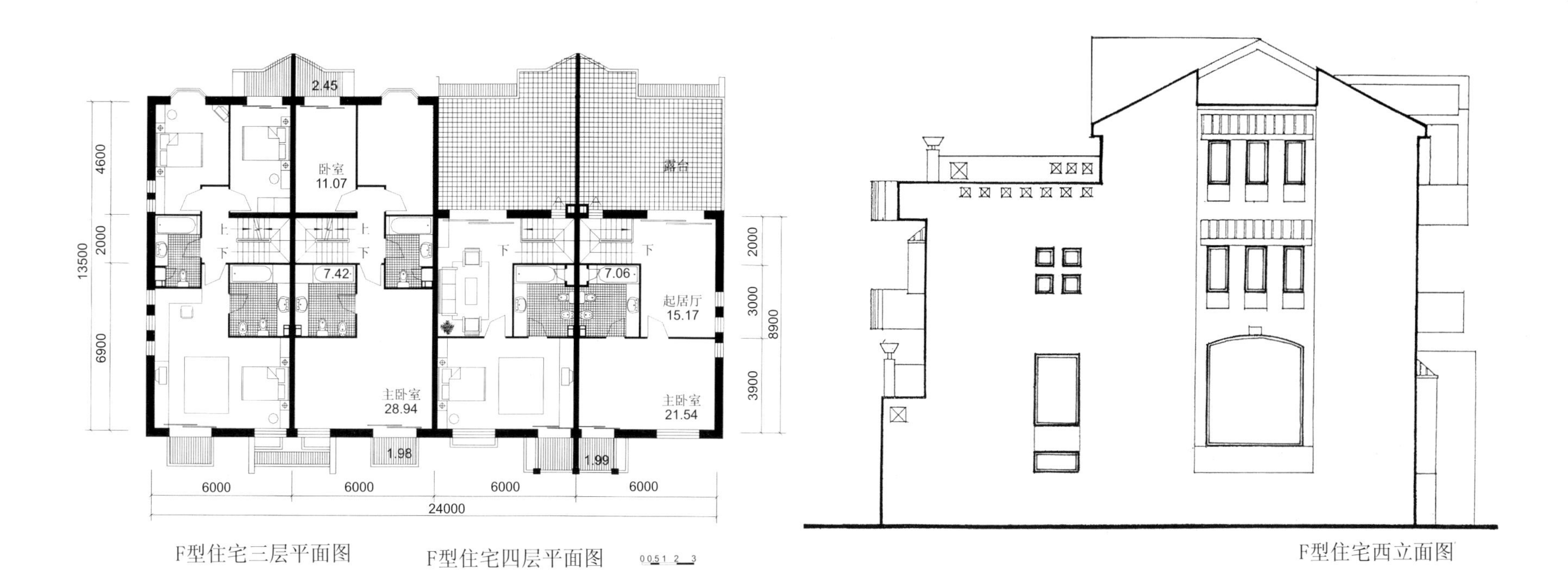

F型住宅三层平面图　F型住宅四层平面图

F型住宅西立面图

F型住宅南立面图

F型住宅北立面图

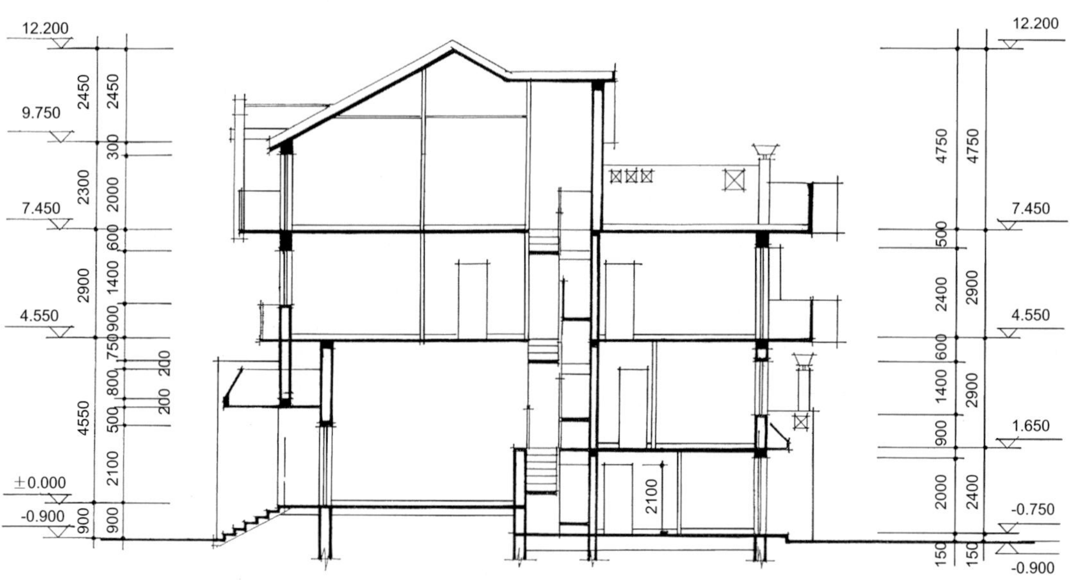

F型住宅剖面图

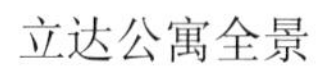

立达公寓全景

立达公寓庭园俯视

立达公寓E、F座室外透视

立达公寓H座室外透视

立达公寓屋顶平台

立达公寓室外透视

立达公寓屋顶花园

立达公寓休息廊

立达公寓室内起居厅

立达公寓过街楼

立达公寓室内

天娇园全景鸟瞰

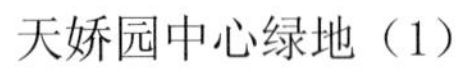

天娇园中心绿地（1）

天娇园中心绿地（2）

天娇园中心绿地喷泉

天娇园中心绿地（3）

天娇园中心绿地喷泉及小品

天娇园中心绿地雕塑

天娇园A座住宅甲栋南立面

天娇园A座住宅乙栋

天娇园A座高架平台入口

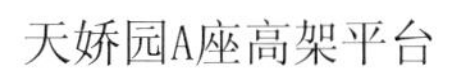

天娇园A座高架平台

天娇园G_1型住宅

天娇园E型住宅

天娇园低层住宅

天娇园多层住宅

天娇园多层住宅楼间绿化

天津欧亚花园规划设计

Planning and Design of Ouya Garden in Tianjin

设 计 单 位：华汇工程建筑设计有限公司
主要设计人：周 恺 建筑负责人：史继春
摄 影：徐庭发

江胜欧亚花园位于天津市区南部，与涉外宾馆区相比邻，北邻宾水道，南邻彩印道，东面与天津宾馆隔路相望。由于建筑基地不直接面临城市交通干道，因而周围环境幽静。

技术经济指标：建筑基地总面积约17 000m^2，地块狭长，南北长178m，东西最窄处宽86.4m；总建筑面积59 520m^2；容积率3.48；小汽车停车位180个；绿化率20%。

规划设计将主干道呈45°角斜向布置，住宅组群分为南北两部分。为了使所有住宅都能获得良好的朝向，设计中将建筑位置扭转了45°。住宅区主入口设在东南向，次入口设在东北侧，与城市干道有机相连。主体建筑采用了两组“L”形相对应的平面形式，其间形成了4 500m^{2}的围合空地，从而创造了一个适于居住的安全、安静、较为封闭的空间环境。住宅一层设小汽车停车场，设计有180个车位，车库借平台为顶盖，既有利于车辆保护，又便于人流通行； 二层高架平台以底层车行道的方向为轴线， 南北两面各有一个开敞的半圆形下沉式花坛绿地，平台一端设有网球场，为居民提供了就近锻炼的场地。住宅区周边是配以绿化的大面积广场。平台两端是宽敞而平缓的台阶。花园中洗炼的西式柱廊形成了极具魅力的建筑与广场的空间过渡，高耸而精巧的钟塔，创造了住区中优美的景观效果。

住区建筑整体划分为底座、墙身和屋檐三段，建筑细部如门窗分格、阳台栏杆等处理风格统一。特别在屋顶强调了尖顶、拱顶。圆形柱廊等新古典造型，丰富了天际轮廓线，形成本居住区的明显标志。

建筑外部装修采用粉刷材料，其中大面积以淡黄色为主，饰以白色色带，底座刷仿石涂料，整个建筑群色调统一和谐。

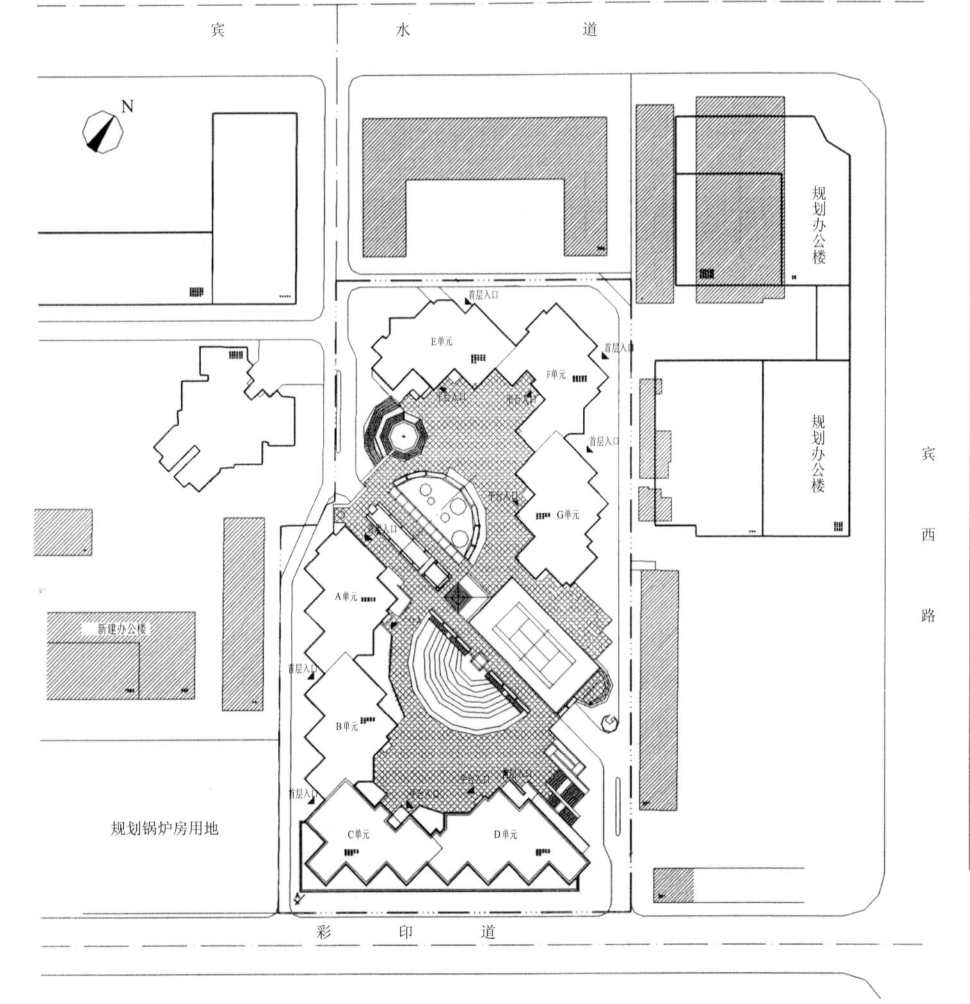

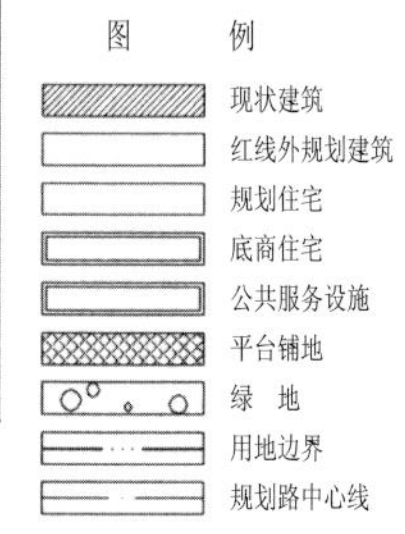

总平面图

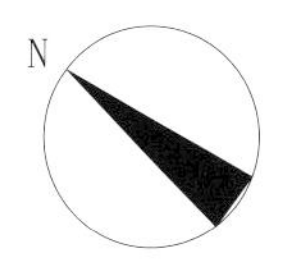
N

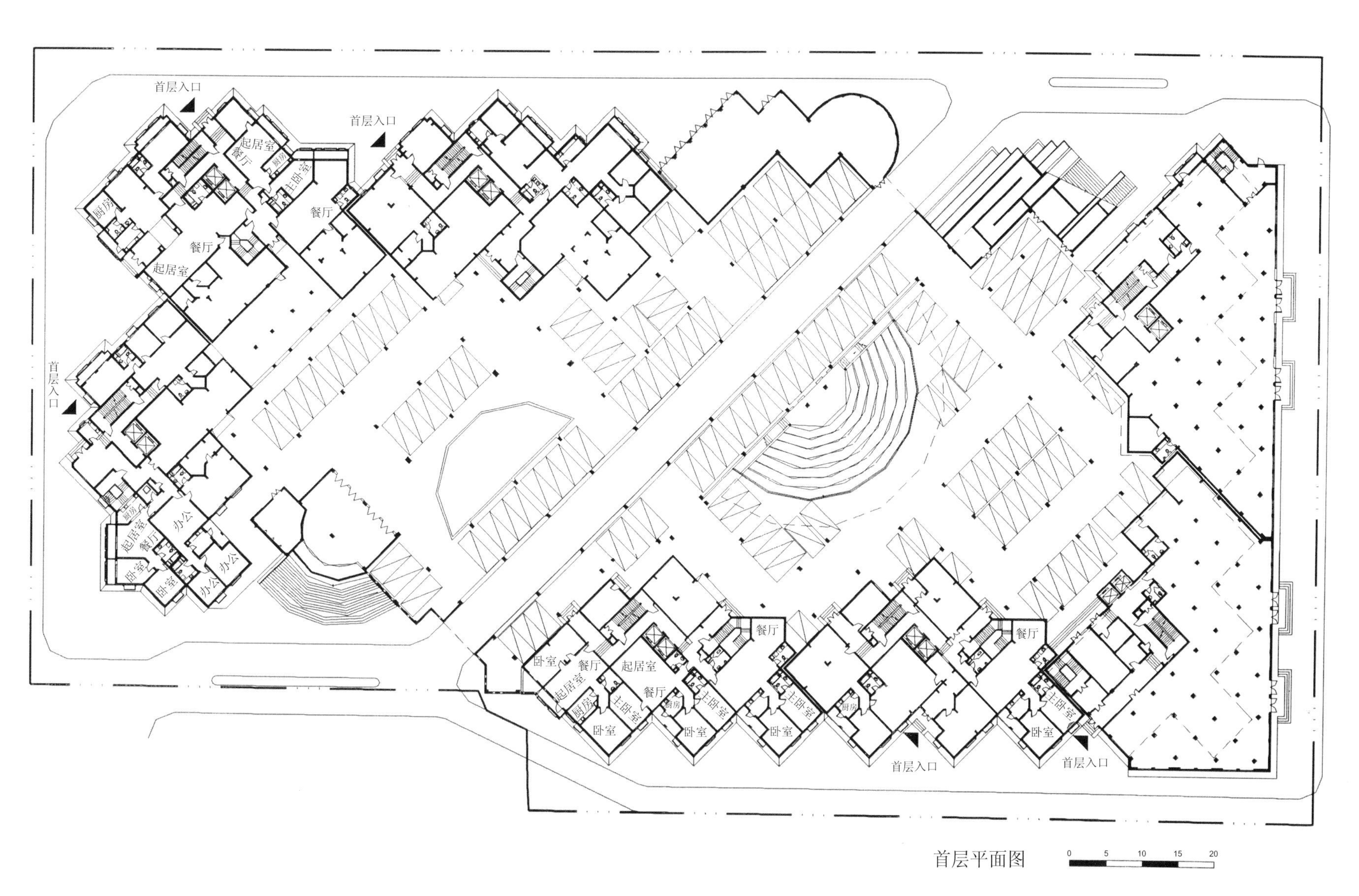
首层入口
首层入口
首层入口
首层入口
首层入口
起居室
餐厅
厨房
主卧室
餐厅
厨房
餐厅
起居室
起居室
餐厅
厨房
卧室
卧室
办公
办公
办公
卧室
餐厅
起居室
起居室
厨房
主卧室
卧室
餐厅
厨房
主卧室
卧室
餐厅
主卧室
卧室
厨房
餐厅
主卧室
卧室
0
5
10
15
20

首层平面图

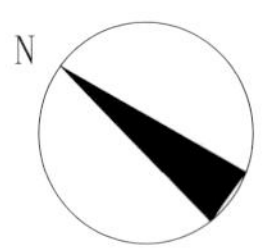

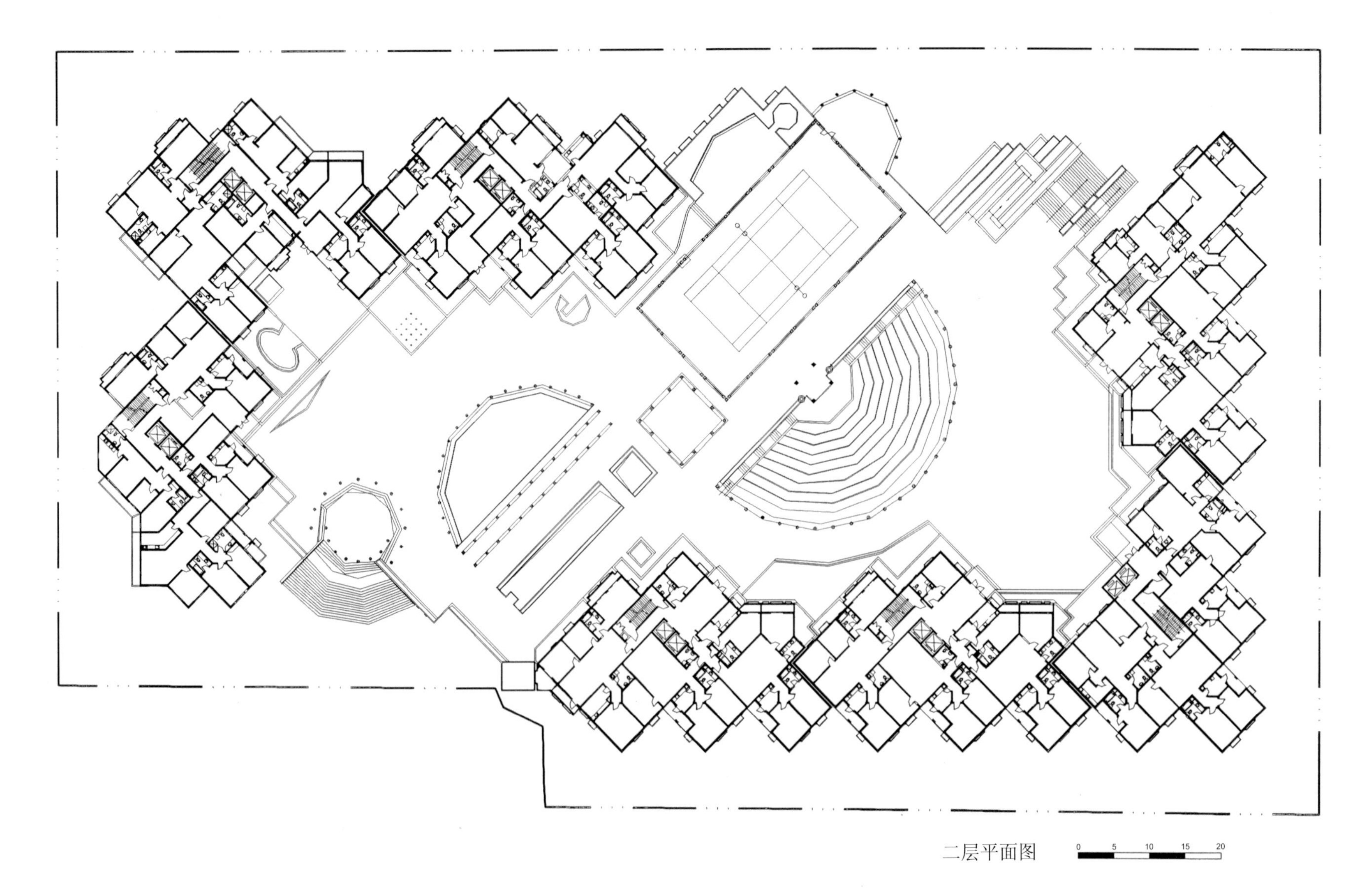

二层平面图

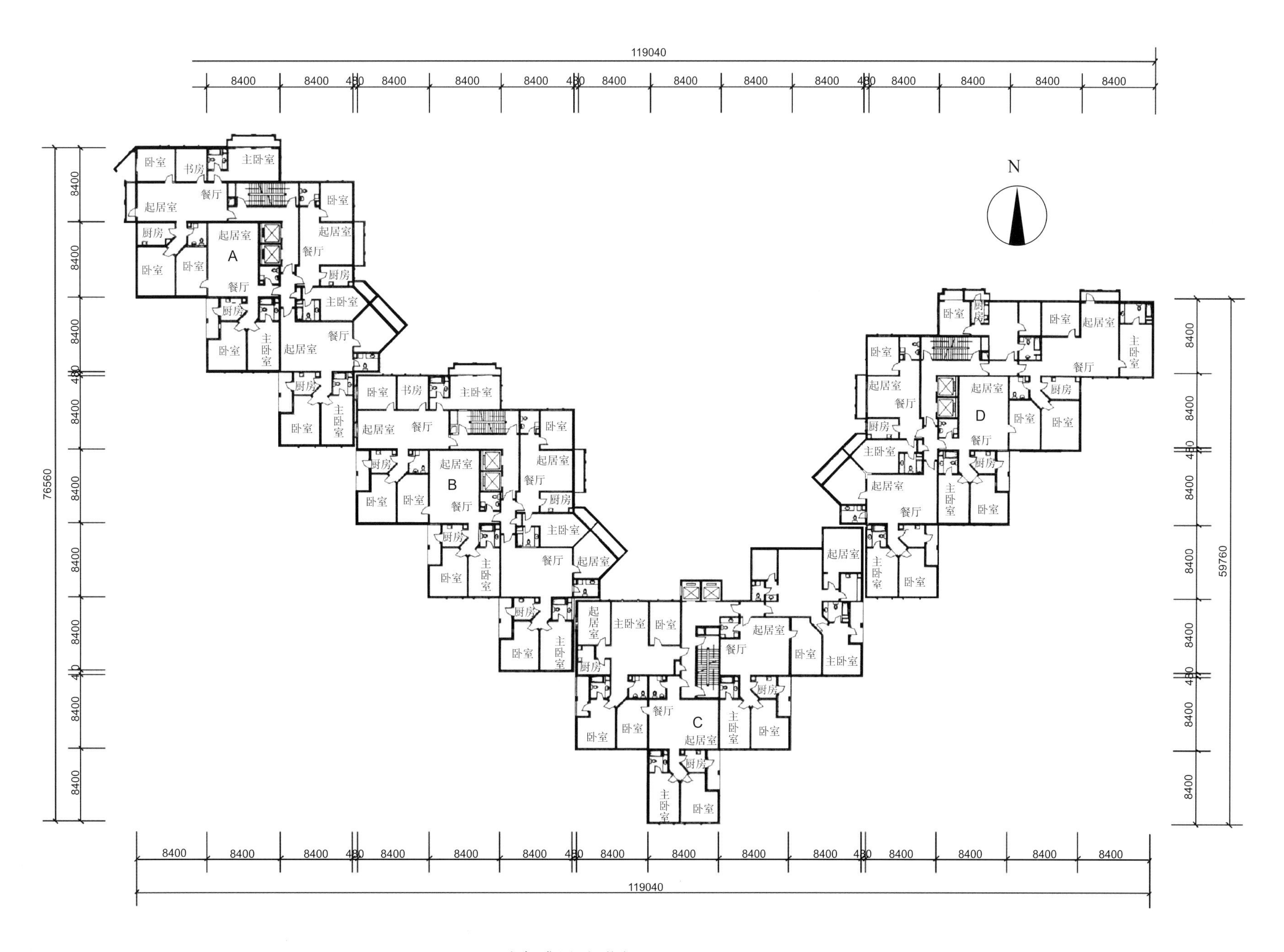

A段标准层平面图 0 1 3 5

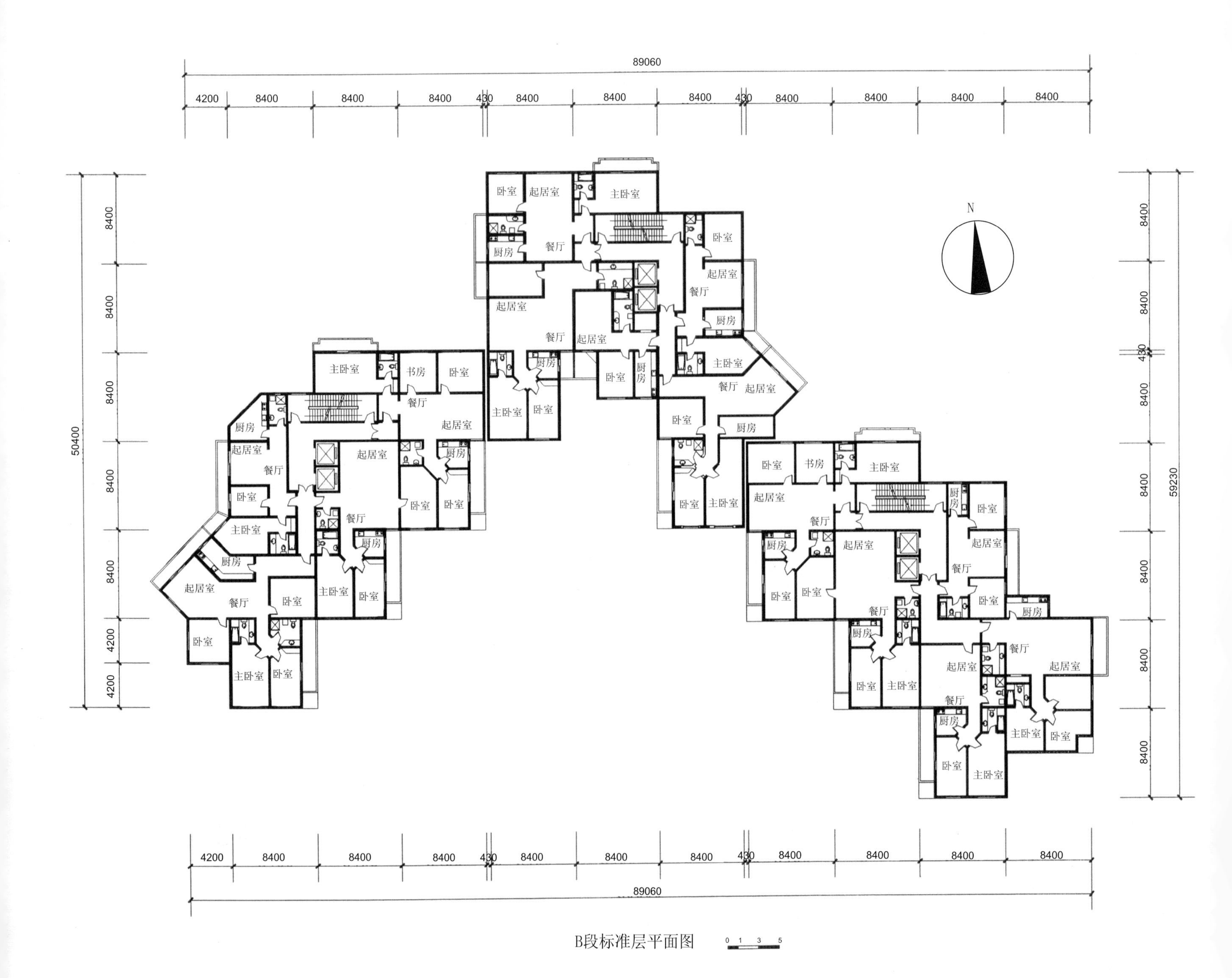

B段标准层平面图

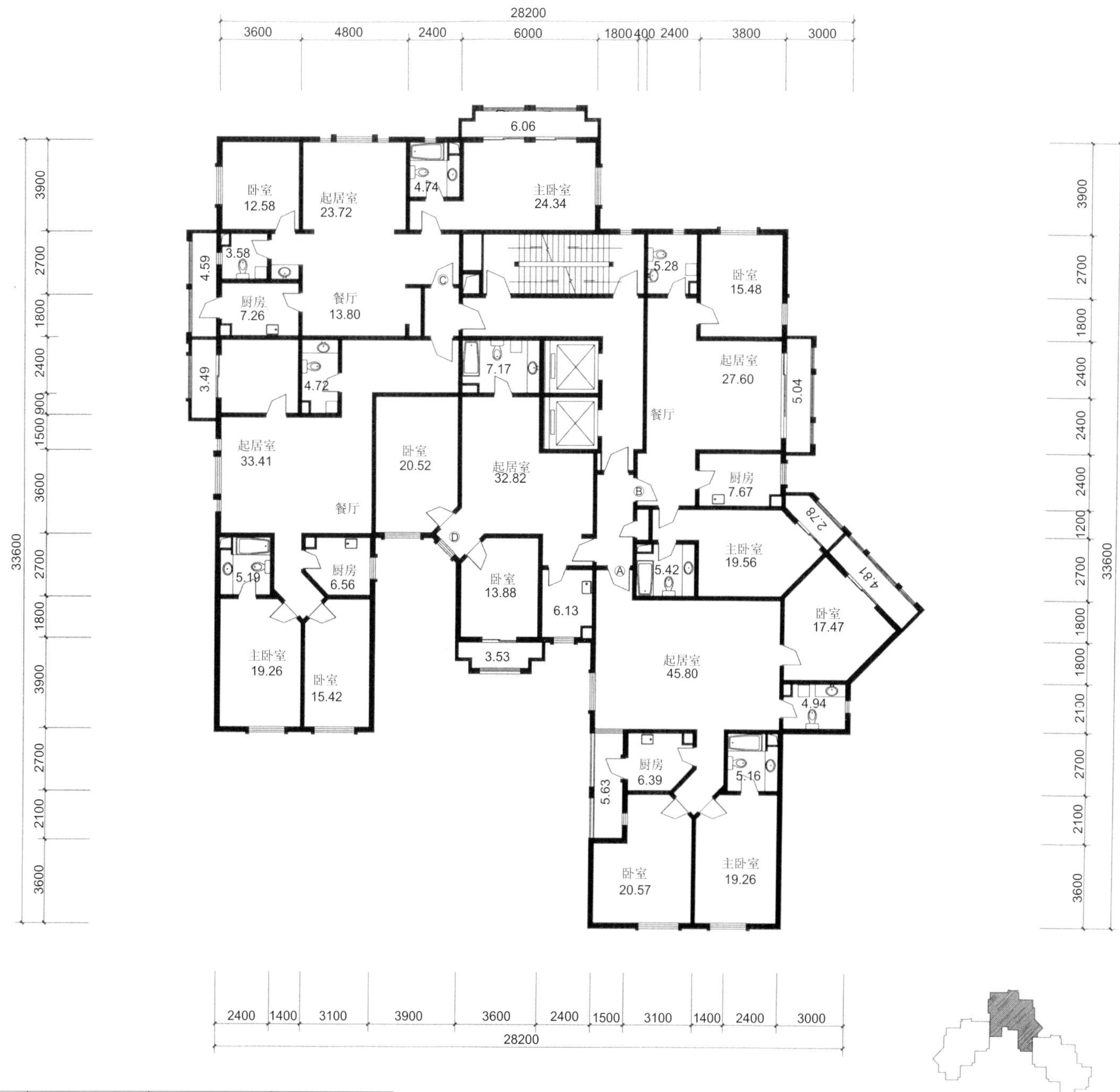

F单元标准层平面图

户 型	建筑面积 (m^2)	使用面积 (m^2)	使用系数 (%)
Ⓐ 三室一厅	174.98	127.25	72.7
Ⓑ 二室一厅	88.33	66.04	74.76
Ⓒ 二室一厅	136.16	98.46	72.3
Ⓓ 两代居	272.88	194.43	71.25

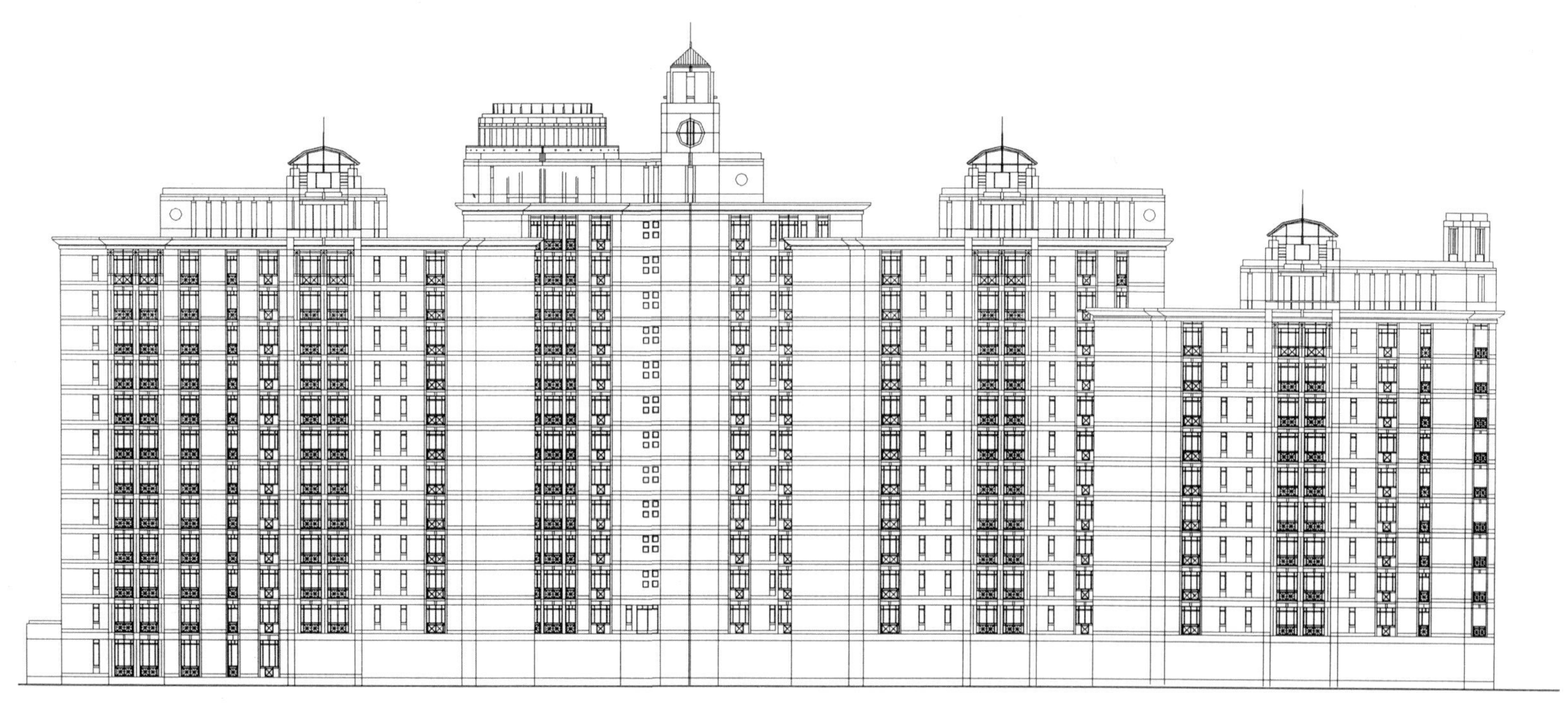

A-A南立面图 0 1 3 5

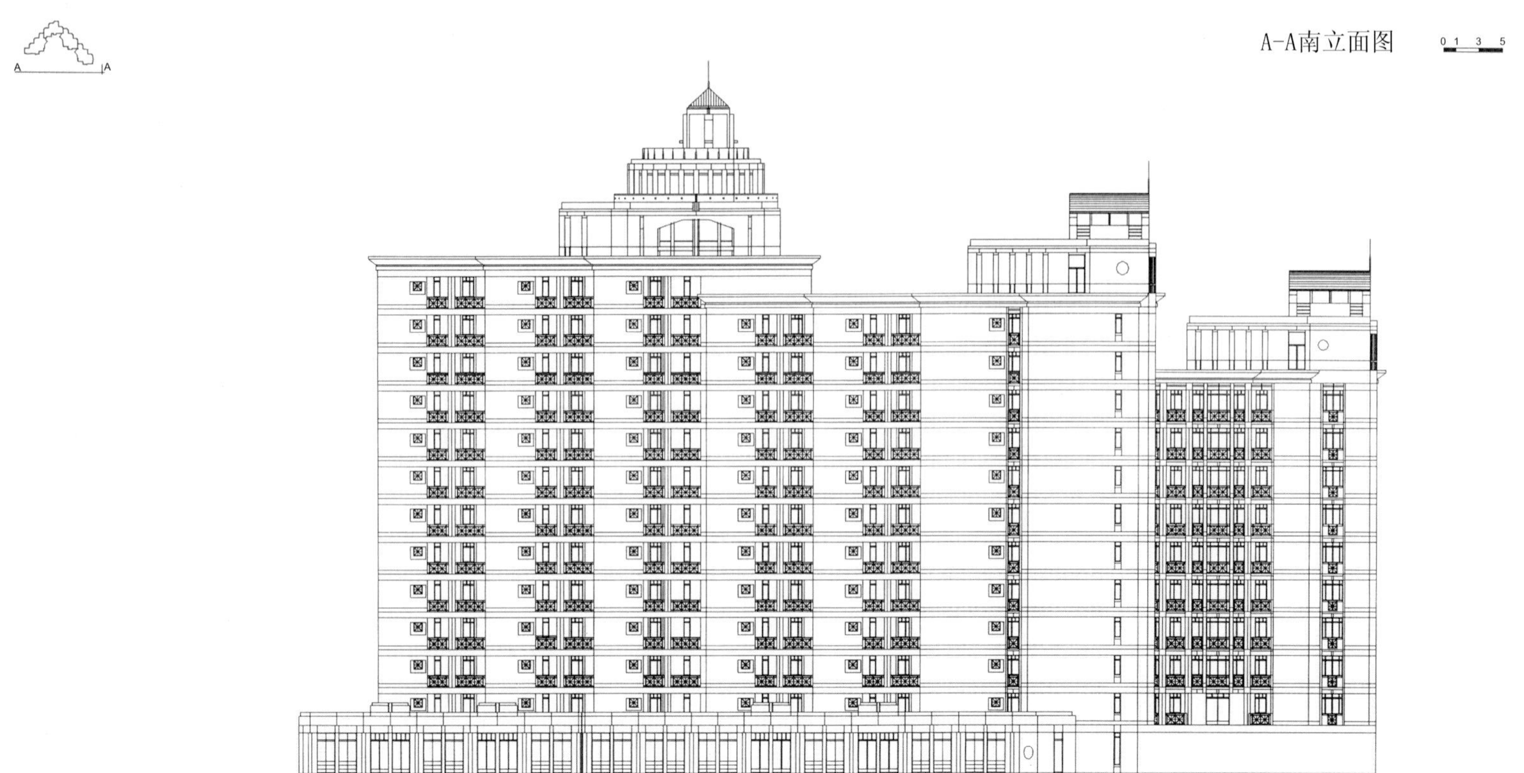

D-D南立面图 0 1 3 5

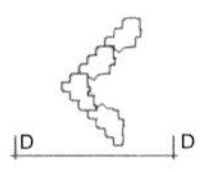

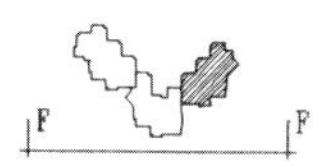

F-F南立面图

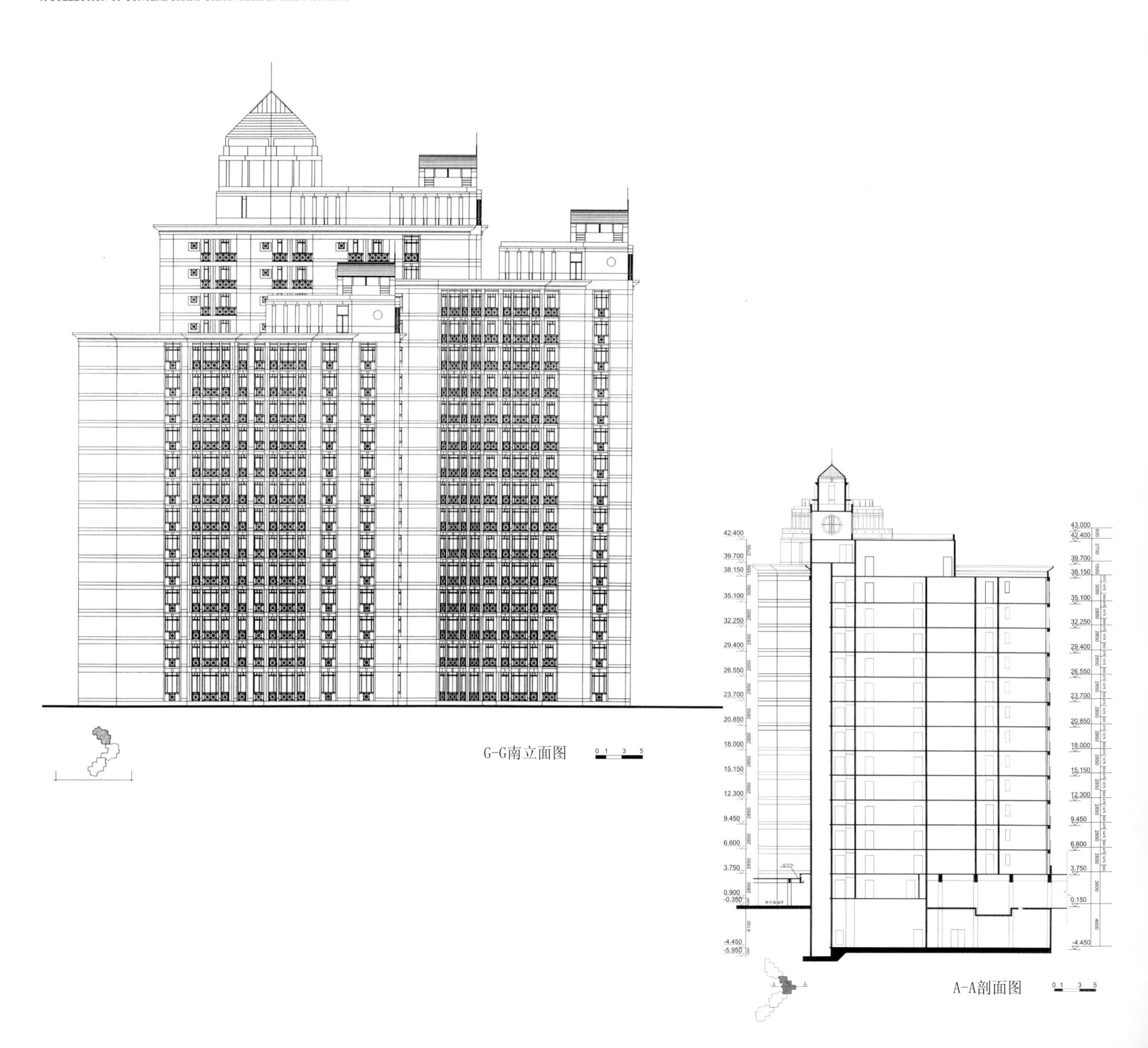

G-G南立面图

A-A剖面图

天津万科城市花园规划设计

Planning and Design of VANKE City Garden in Tianjin

设 计 单 位：天津开发区规划建筑设计院
主要设计人：邢振邦　胡 瑾　任俊生　段国顺　罗利民

天津万科城市花园位于天津市河北区中环线内侧，东临红星路，北为幸福道，西边为六号路。小区配套齐全，是天津市首批全封闭物业管理小区。

技术经济指标：占地4.75公顷；总建筑面积120 000m²，其中住宅建筑面积118 025m²，公建面积1 975m²；住宅层数4层、13层、28层；居住总套数950套；容积率2.59；绿化率30%。设计日期1996年，竣工日期1998年。

该小区交通便利，北至京津高速公路车程5分钟，东至天津机场车程20分钟，南至天津火车站北口车程10分钟。

小区南为主出入口，北为次出入口（避免在城市主干道红星路上开口）。区内南北有两条道路将小区分为三部分，西部为四栋中高层板式住宅，中部为两栋高层点式住宅，东侧为六排八栋四层花园式多层住宅，会所、网球场、儿童活动场、集中绿化区、喷泉叠水等靠近中部。整个小区建筑布局高低错落，疏密相间，绿树蓝天下的红顶彩墙，营造出美丽宜人的居住环境。

小区住宅设计套型丰富（有二、三、四室户），类型多样（有平层、跃层、错层），形式各异（有板式内廊中高层、点式全向阳高层、花园式多层）。设计中力求完善使用条件，既从实际情况出发，又具有一定的超前意识，重视采用新技术、新材料、新设备，不断满足居民的需求。万科房地产公司经营的房地产业，在建筑质量和物业管理等方面享誉国内，故而天津的万科城市花园也是著名的豪华型居住小区。

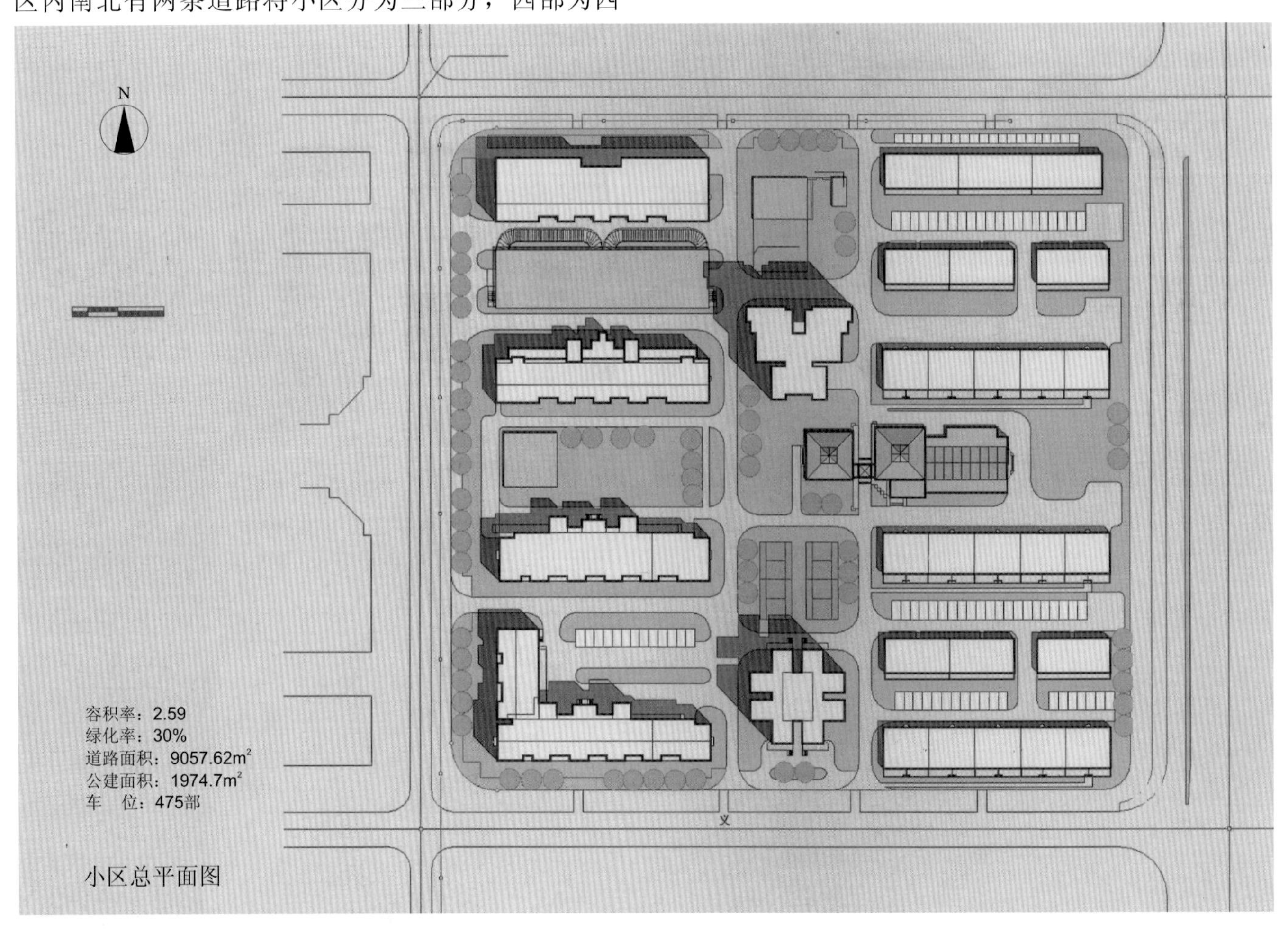

小区总平面图

户 型	建筑面积 (m^2)	使用面积 (m^2)	使用系数 (%)
Ⓐ 三室二厅	131.86	99.29	75.30
Ⓑ 二室二厅	83.51	62.47	74.81
Ⓒ 三室二厅	94.61	69.06	72.99
Ⓓ 三室二厅	148.66	117.49	79.03

E座标准层组合平面图

E座北立面图

E座侧立面图

E座剖面图

F座标准层组合平面图

户　型	建筑面积 (m^2)	使用面积 (m^2)	使用系数 (%)
Ⓐ 三室二厅	119.08	94.39	79.27
Ⓑ 二室二厅	94.21	67.08	71.20
Ⓒ 三室二厅	115.56	87.21	75.47

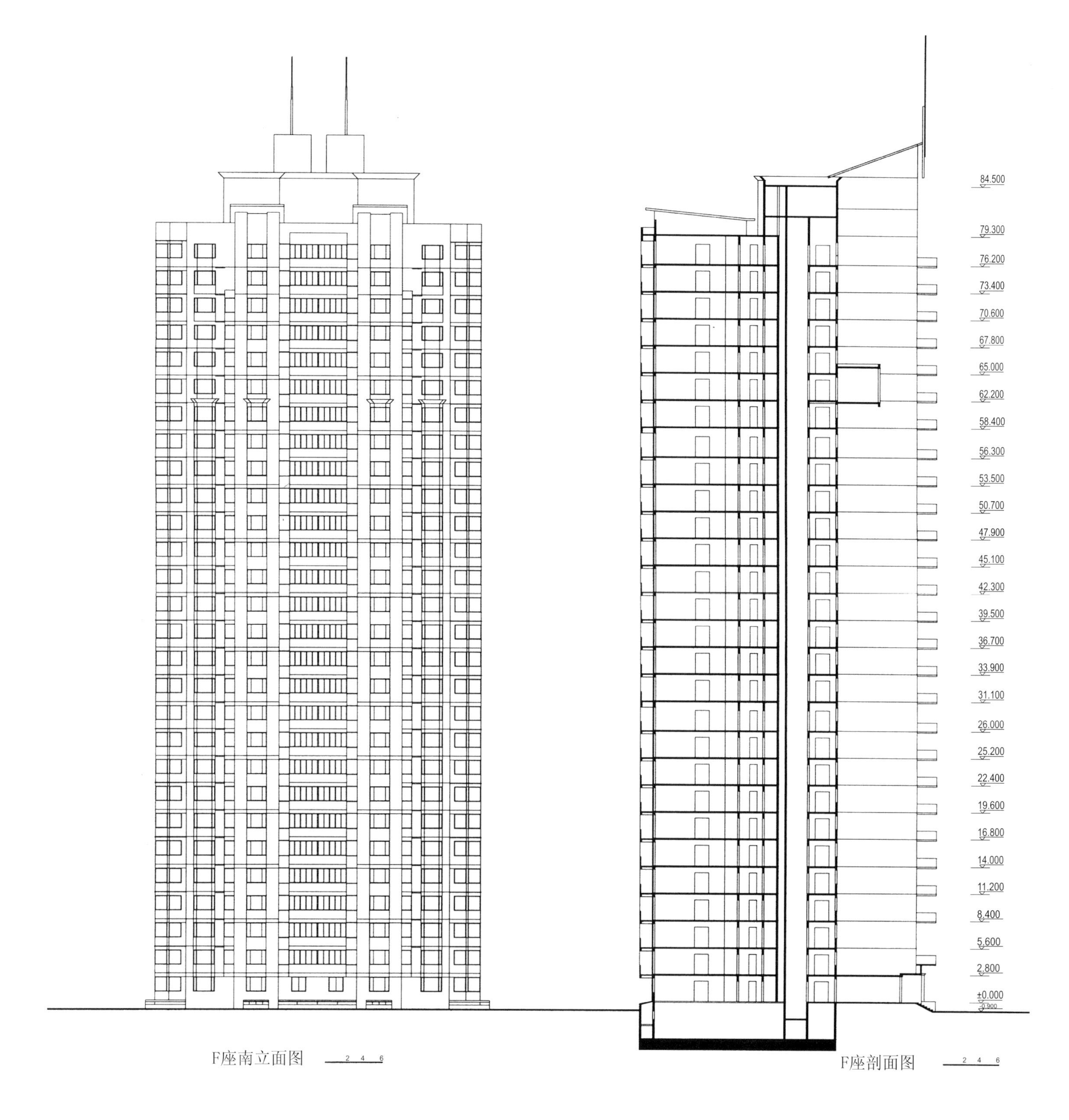

F座南立面图

F座剖面图

G座跃层单体平面图

户 型	建筑面积 (m^2)	使用面积 (m^2)	使用系数（%）
Ⓐ三室二厅	165.80	141.20	85.16

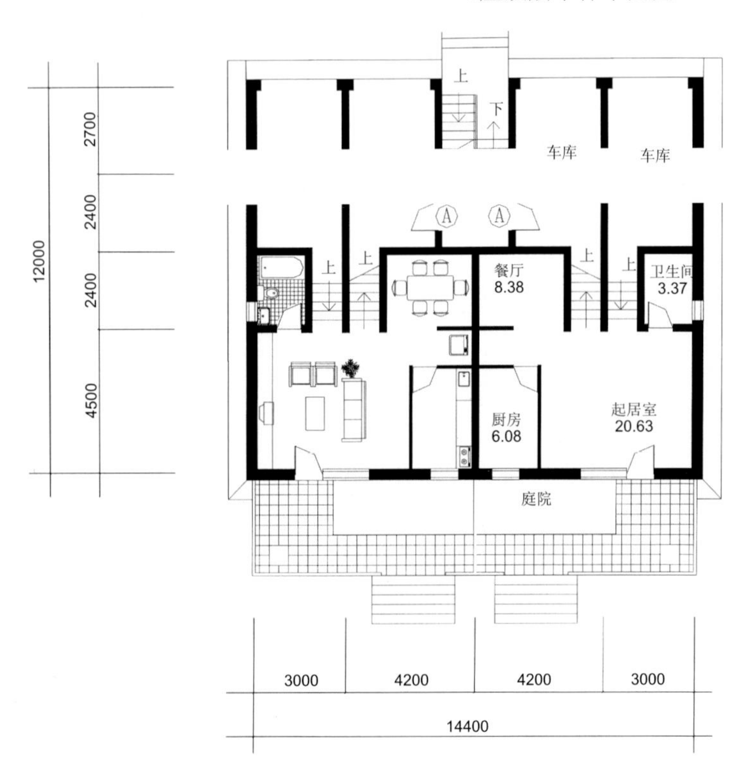

G座首层单体平面图

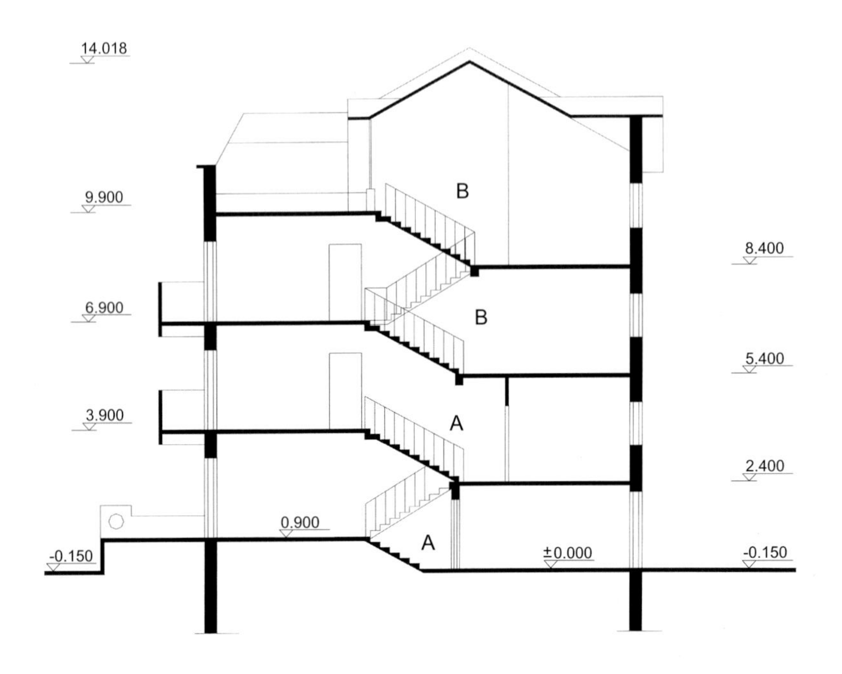

G座剖面图

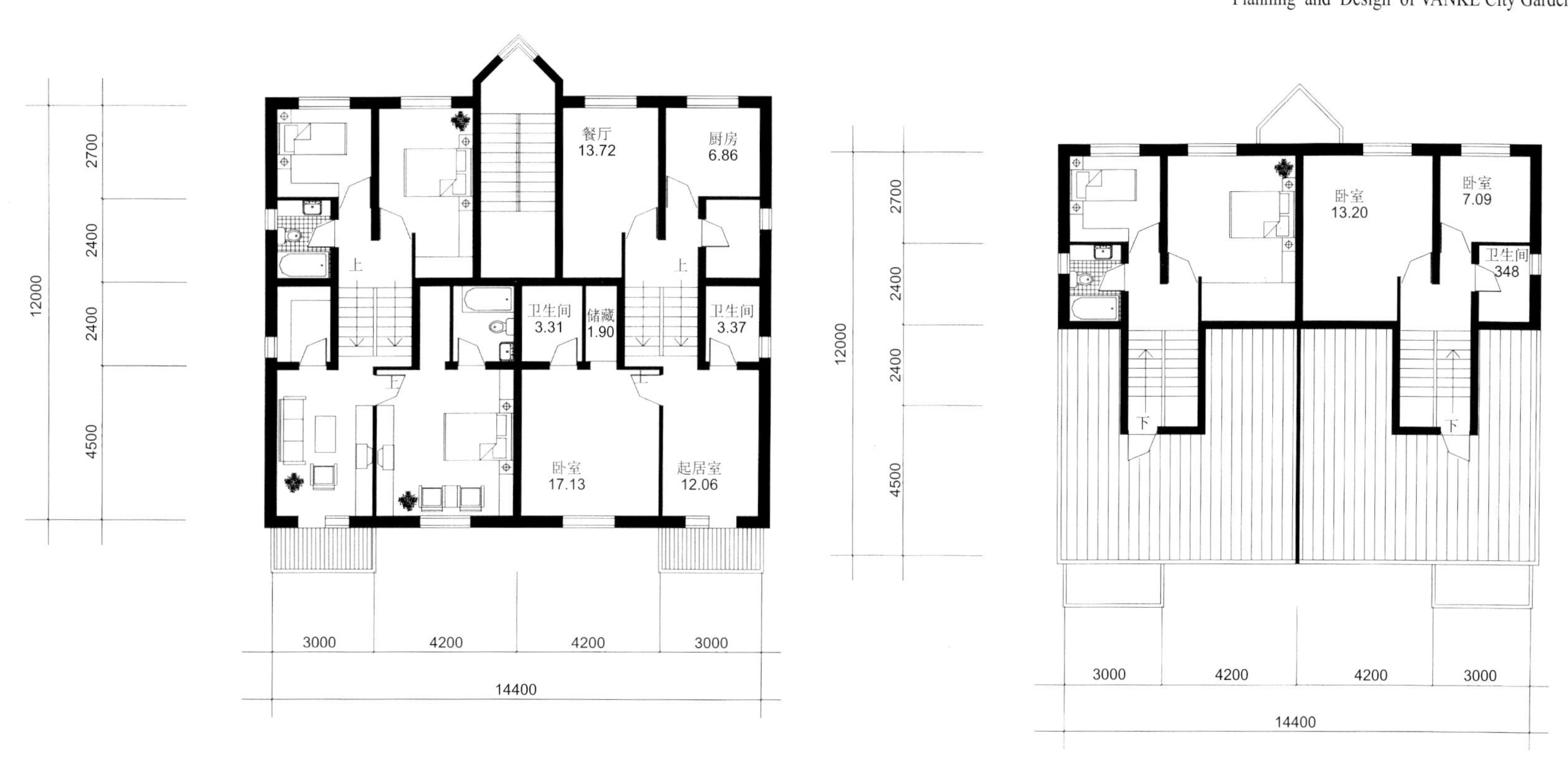

G座顶层单体平面图

G座跃层单体平面图

G座南立面图

户　型	建筑面积 (m^2)	使用面积 (m^2)	使用系数 (%)
Ⓑ三室二厅	169.80	144.87	85.32

E座立面图

户型	建筑面积 (m^2)	使用面积 (m^2)	使用系数 （%）
Ⓐ 三室二厅	131.15	100.18	76.39
Ⓑ 二室二厅	79.23	62.01	78.27
Ⓒ 三室二厅	92.34	71.28	77.19
Ⓓ 三室二厅	157.77	123.98	78.58

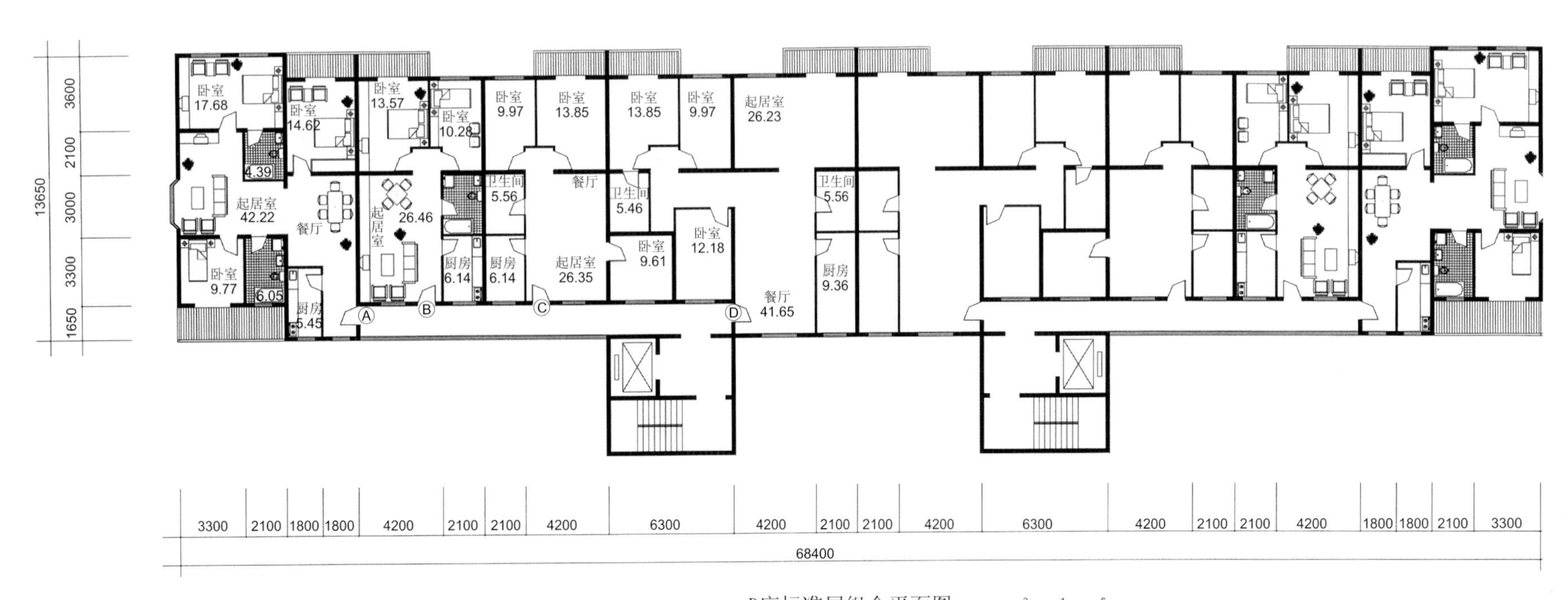

D座标准层组合平面图

天津万科花园新城规划设计

Planning and Design of VANKE Garden New Town in Tianjin

设计单位：天津开发区规划建筑设计院
香港中名国际工程顾问有限公司
摄　　影：徐庭发　　舒　平

万科花园新城位于天津市北辰区，南临新宜白大道，东接兴东路，西靠泰兴北路，北临宜北路，距离市中心20分钟车程，临近津京高速公路起点站，方便京津两地用户选购住宅。

技术经济指标：建筑规划总用地60.90公顷；总建筑面积621 773.19m^2，其中居住建筑面积512 973.19m^2；建筑密度21%；总户数3 981户；绿化率42%；容积率1.02。第一期工程技术经济指标：总用地15.40公顷；总建筑面积140 743.19m^2，其中居住建筑面积137 943.19m^2；建筑密度21%；总户数1 203户；绿化率38%；容积率0.91。设计日期1998年,竣工日期1999年。

小区的总体规划借鉴欧美小镇的发展经验，引入花园小镇的概念，即具备完整协调的环境素质，住宅、街道、花园之间有亲切和谐的气氛和自成一体的商业服务设施。居住区的主要出入口位于兴中路与新宜白大道及宜北路的交口，由于兴中路可直接与新宜白大道相连，为保证居住区的完整和安全管理，规划上封闭原有宜中路上的出入口，并结合商业的布局将宜中路南移。社区中心设在兴中路的中心位置，有助于平衡各期发展的使用及形成本居住区的整体形象。规划对现有运河段的保留和整治及引入西北面的大公园绿地，使开敞空间和绿化带自然而有机地贯穿于整个居住区之中，形成丰富的轴线秩序。小镇商业设施南部临城市干道，既方便使用，又减少城市噪声的干扰，保证了小区良好的环境品质。

结合分期发展模式，将用地分为四个住宅小区，小区内部再划分为18个组团。组团由内庭院式的邻里组合构成，有利于创造层次分明的空间领域，使邻里组团内的居民在相对私密及安全宁静的环境中生活，这样不仅便于管理，也增加了人与人之间的交流。

小区的主要停车场设在组团入口的主路旁，宅前路仅允许必须通过的车辆通行，以备作搬家及紧急情况使用。消防车道考虑从兴中路南北进入，东西两侧结合垃圾站位置设紧急消防车入口，同时备作今后进入居住区的辅助入口。

小区的住宅形式仍以多层条形为主，层数在4~5层之间，独院式低层住宅区所占比重约为总占地的1/4，面积标准在90~228m^{2}之间，兼有部分中高层住宅，是天津市规模较大的豪华型住宅区。这个居住区具有“美国风情小镇”的建筑风格，其建筑空间形象地吸取了欧美建筑的特点，并与天津旧区的建筑风格相呼应，但更多的仍是反映出时代特征，因而成为京津两地用户争相选购的对象。

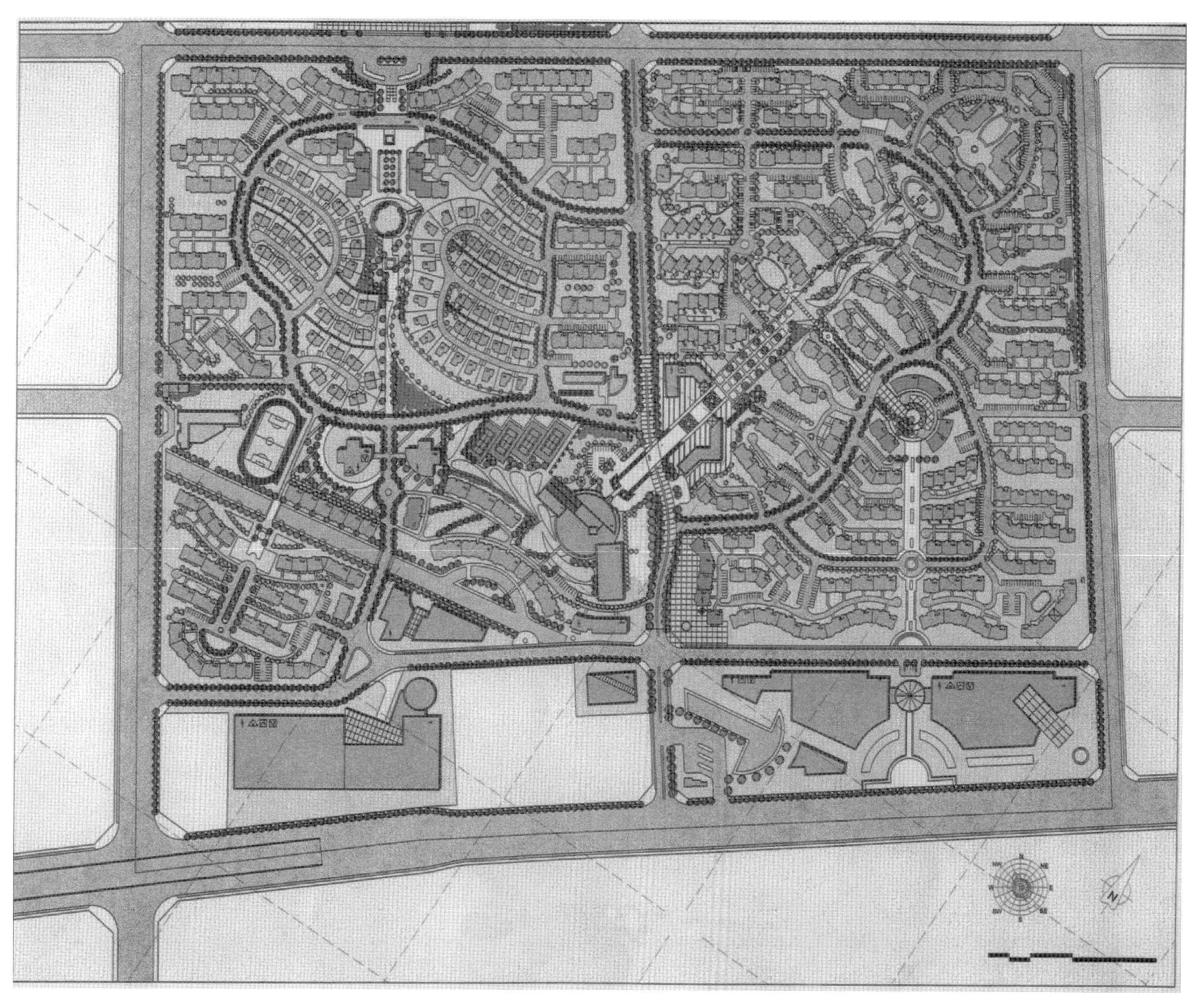

小区总平面图（资料由天津万科兴业（集团）有限公司提供）

一期工程总平面图

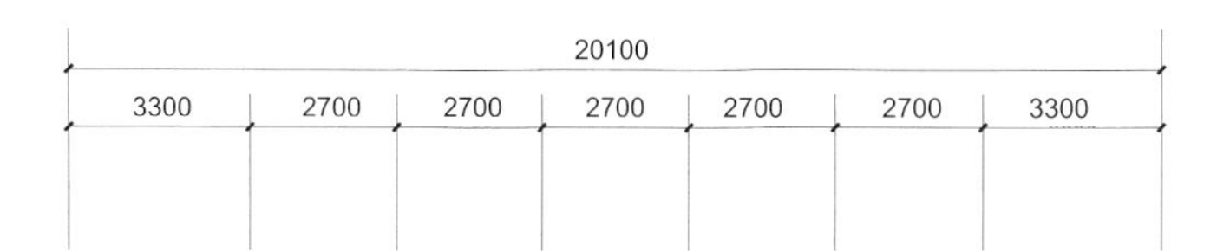

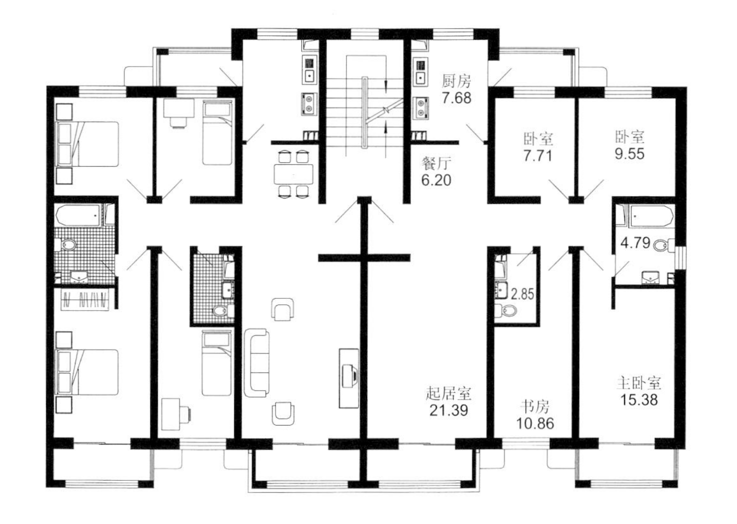

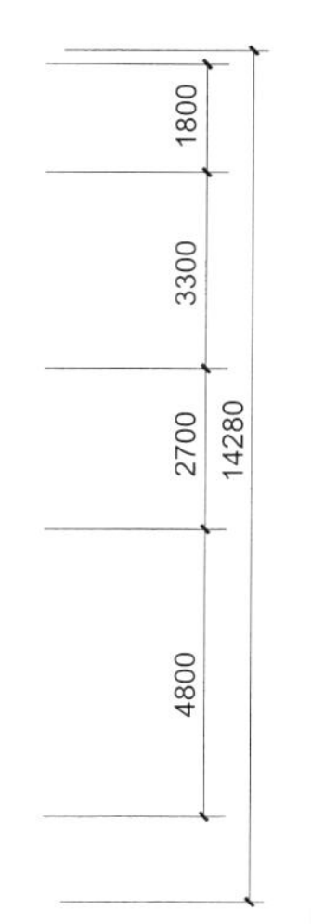

B型住宅标准层平面图

B型住宅立面图

户　型	建筑面积 (m^2)	使用面积 (m^2)	使用系数 (%)
四室二厅	122.37	96.10	78.53

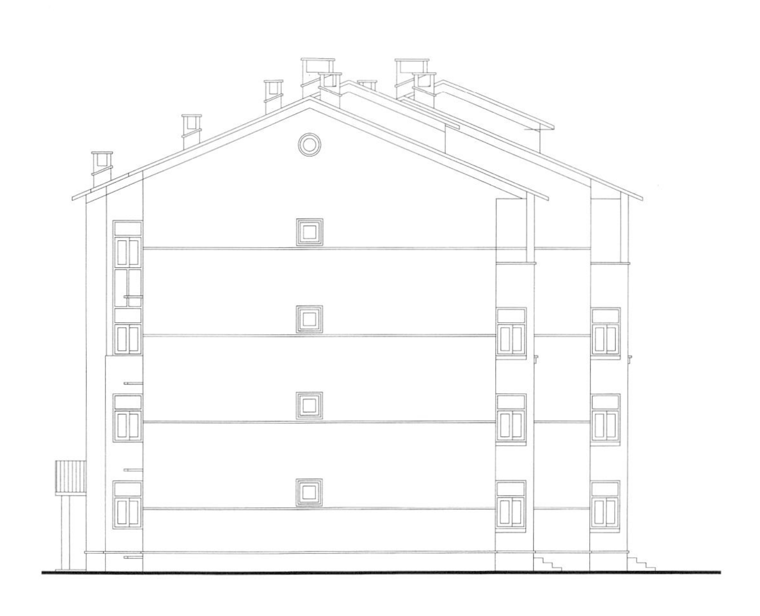

B型住宅侧立面图

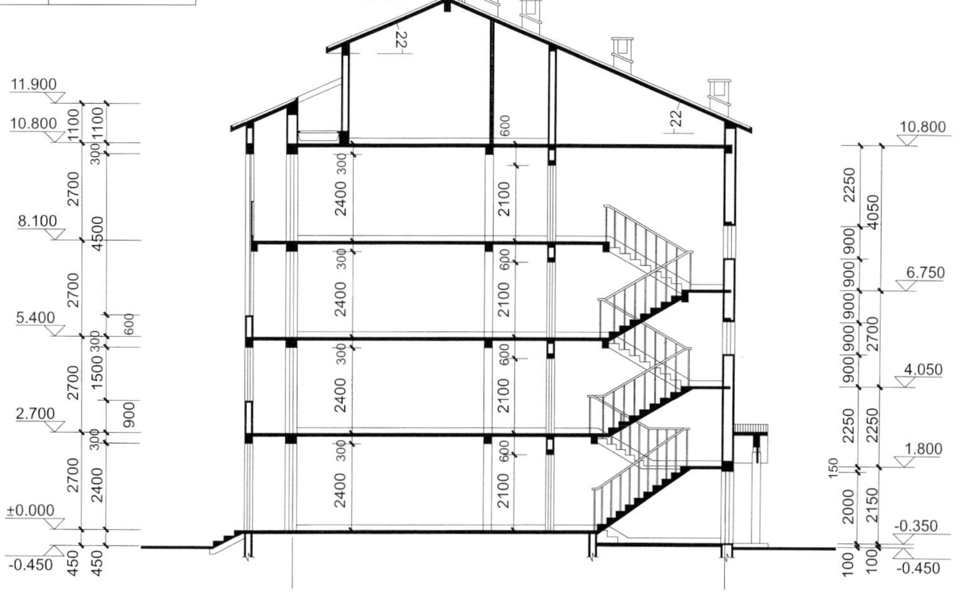

B型住宅剖面图

C型住宅一层平面图

C型住宅二层平面图

户　型	建筑面积 (m^2)	使用面积 (m^2)	使用系数 (%)
Ⓐ 三室二厅	114.04	95.72	83.94
Ⓑ 三室二厅	102.10	84.82	83.08

C型住宅南立面图

C型住宅北立面图

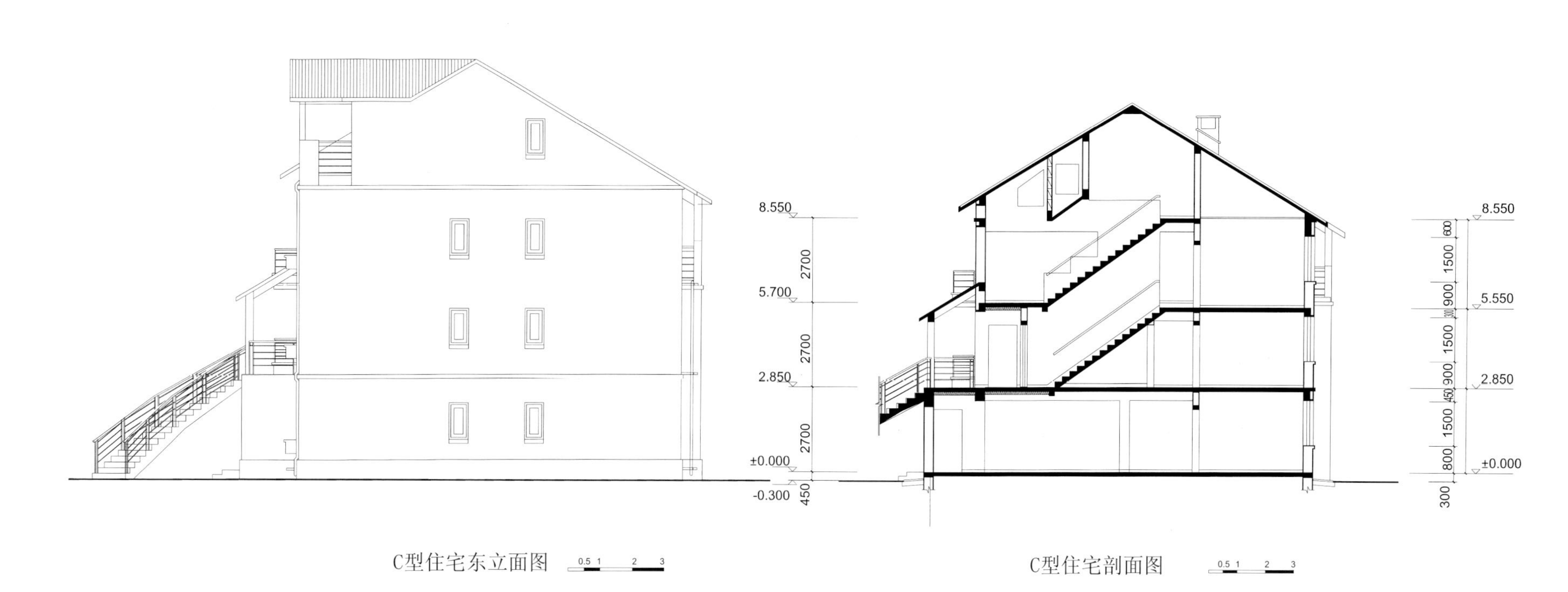

C型住宅东立面图

C型住宅剖面图

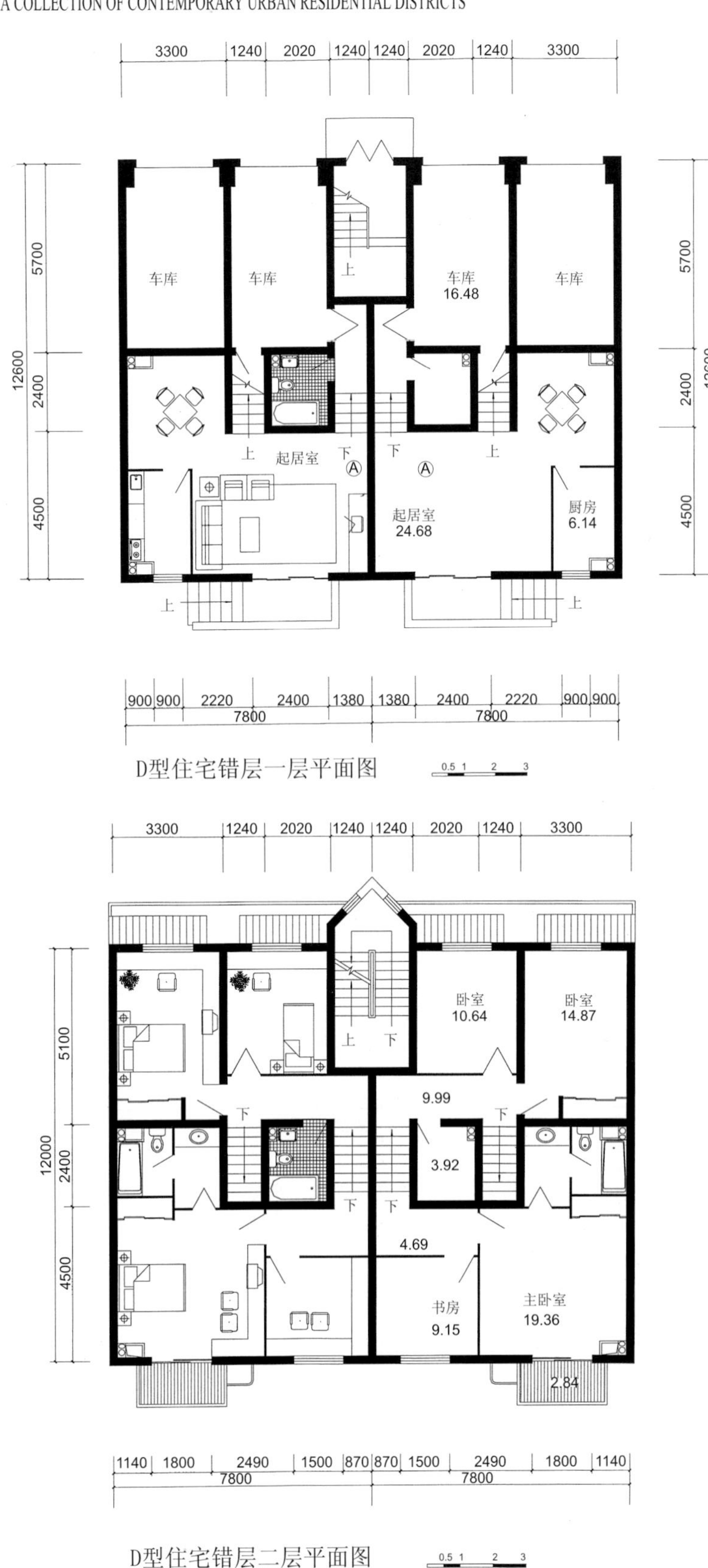

D型住宅错层一层平面图

D型住宅错层二层平面图

户　型	建筑面积 (m^2)	使用面积 (m^2)	使用系数（%）
Ⓐ 四室二厅	176.95	145.26	82.09
Ⓑ 四室二厅	177.11	145.81	82.33

D型住宅错层三层平面图

D型住宅外观（1）

D型住宅外观（2）

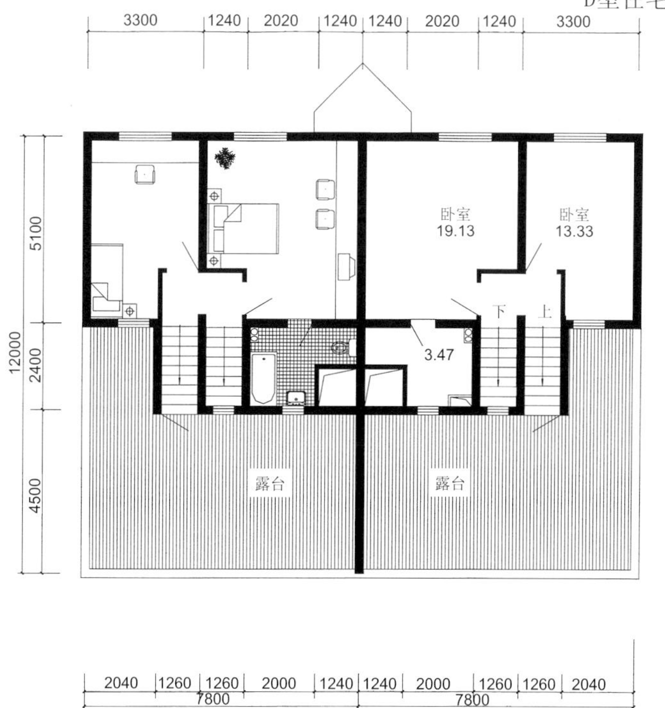

D型住宅四层平面图

D型住宅正立面图

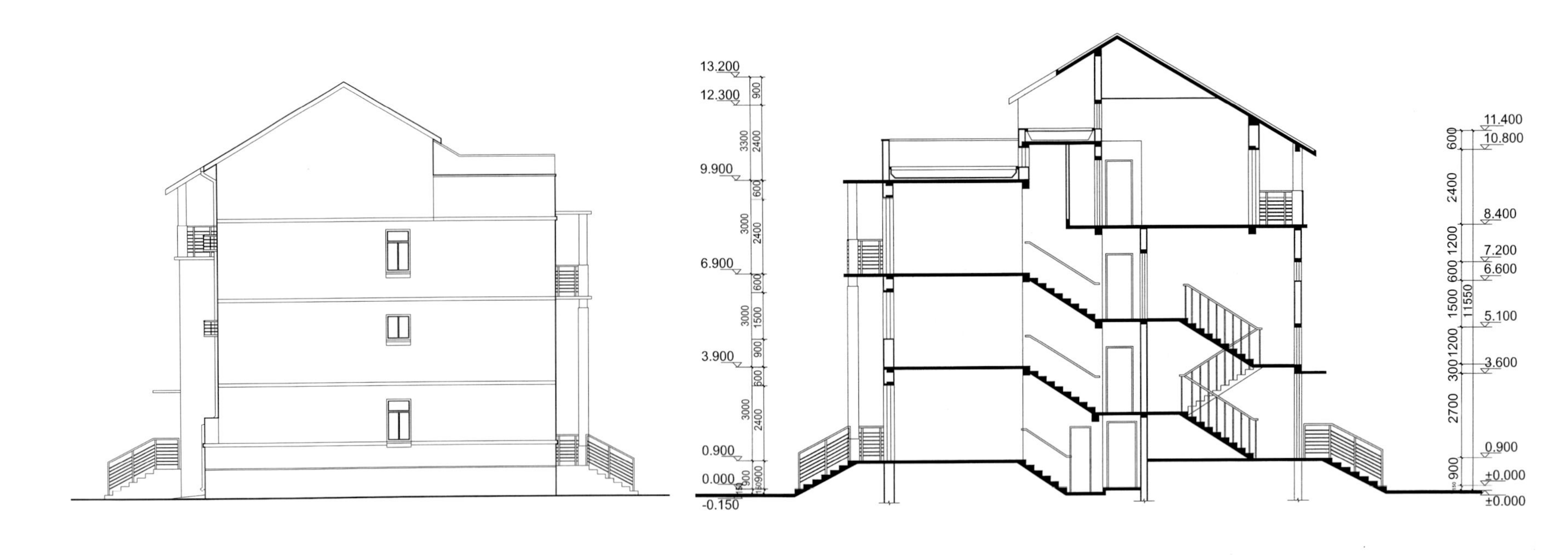

D型住宅侧立面图

D型住宅1-1剖面图

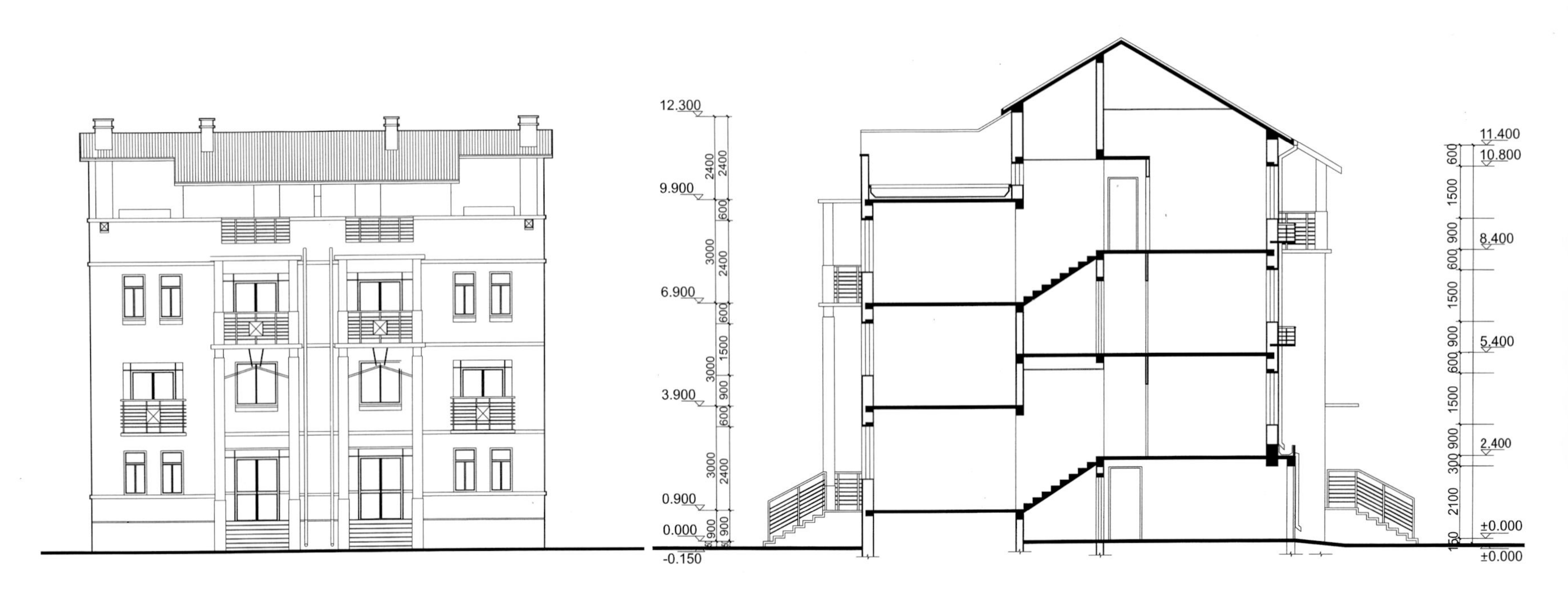

D型住宅背立面图

D型住宅2-2剖面图

天津泰达园设计

Design of TEDA Garden in Tianjin

设 计 单 位：天津市建筑设计院

主要设计人：韩学迢　张津奕　夏国详　王　健　高　鉴

摄　　　影：苏振涛　张　玺

泰达园居住区位于天津市河西区永安道与汕头路交口。该地块南北长约60m，东西长约164m，地势狭长，外部空间环境较难处理。

技术经济指标：占地约1.1公顷；总建筑面积39 215m²；容积率3.32；建筑密度37.8%；绿化率20%。

本设计利用结构埋深的需要设半地下室车库，以解决组团内的汽车及摩托车的停车问题。车库的出入口设在组团外部，做到人与车不交叉。小区内形式不一、规模不等的住宅单元，从85m²到150m²左右，为住户购房和开发商售房提供了方便。在阳台设计上，采用封闭与开敞相结合的方式，扩充了阳台的使用功能，为阳台设计赋予了新意。住宅立面设计仿欧式风格，于新颖简洁之中反映出时代的审美要求。

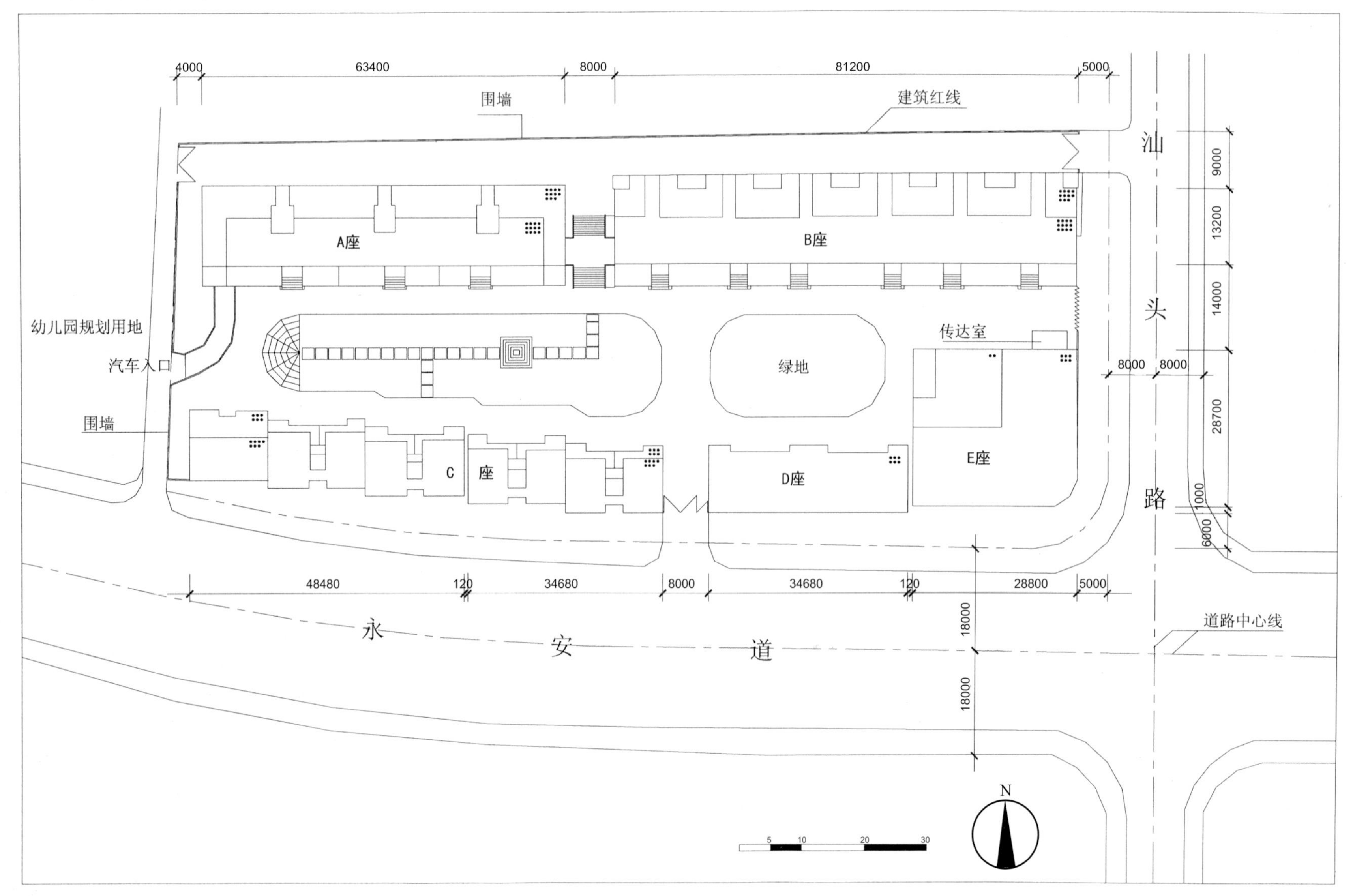

小区总平面图

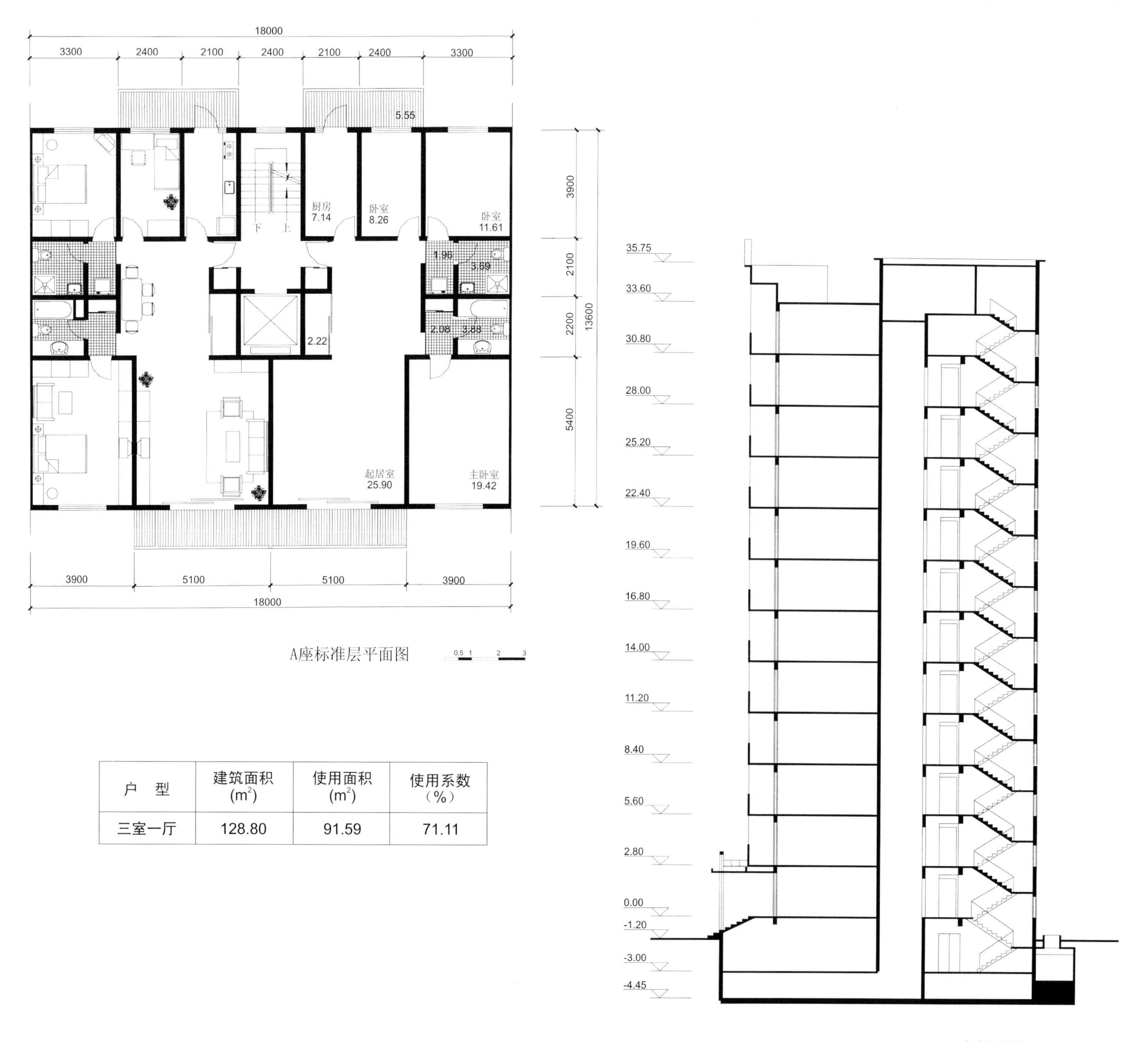

A座标准层平面图

户　型	建筑面积 (m^2)	使用面积 (m^2)	使用系数 (%)
三室一厅	128.80	91.59	71.11

A座剖面图

A座立面图 0 0.5 1 2 3

中山门一段、十二段规划设计

Planning and Design of The 1st &12th Block of Zhongshanmen in Tianjin

设计单位：天津市房屋鉴定勘测设计院
摄　　影：舒　平

中山门一段、十二段规划设计是天津市危改示范小区。该小区规划遵循以“人”为本的设计原则，在道路、绿化、组团、住宅、公建的设计中融合了较新的规划思想。

技术经济指标：总占地12.47公顷；总建筑面积206 214m^2，其中住宅建筑面积191 214m^2，公建面积15 000m^2；住宅层数6层、7层；容积率1.84；建筑密度29%；绿化覆盖率32%；居住总户数2 988户。

该设计将一段和十二段两个地块整体考虑，在小区的中心设置一条主干道，将7个相对独立的组团联系起来，每个组团规模约500户左右。小区绿化系统分为三级，即位于小区中部的小区公园、结合地下存车库布置的组团公共绿地和宅旁绿地。

这是本书收入的惟一一项危改示范住宅小区，属低标准住宅类型，从总体规划到单体设计都体现了在有限的物质条件下规划出宜人的社区和功能齐全、使用方便的住宅。这类住宅在现在和今后的大城市住宅中仍占相当的比重。提高低标准住宅设计的质量，是设计人员需要给予关注的课题。

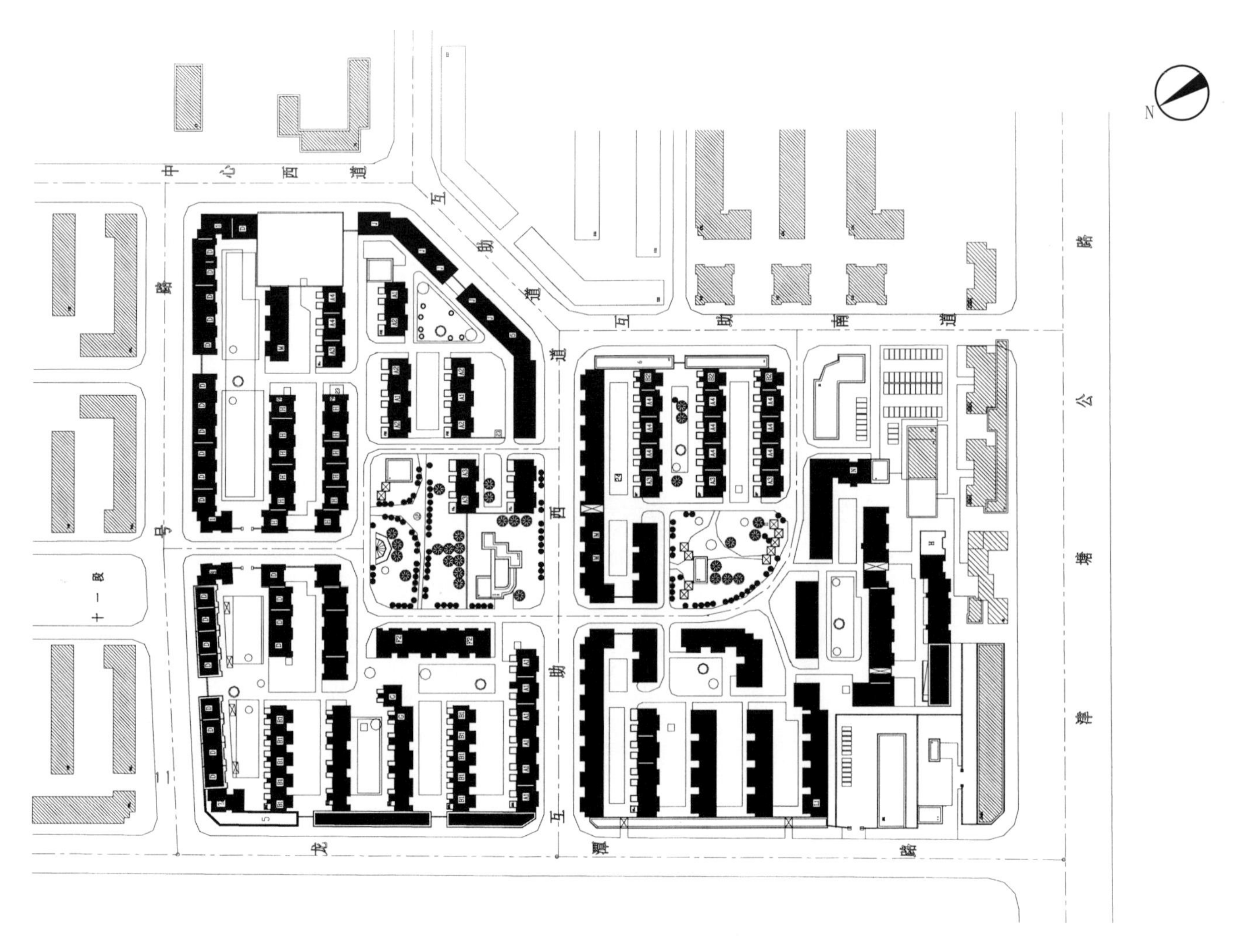

总平面图

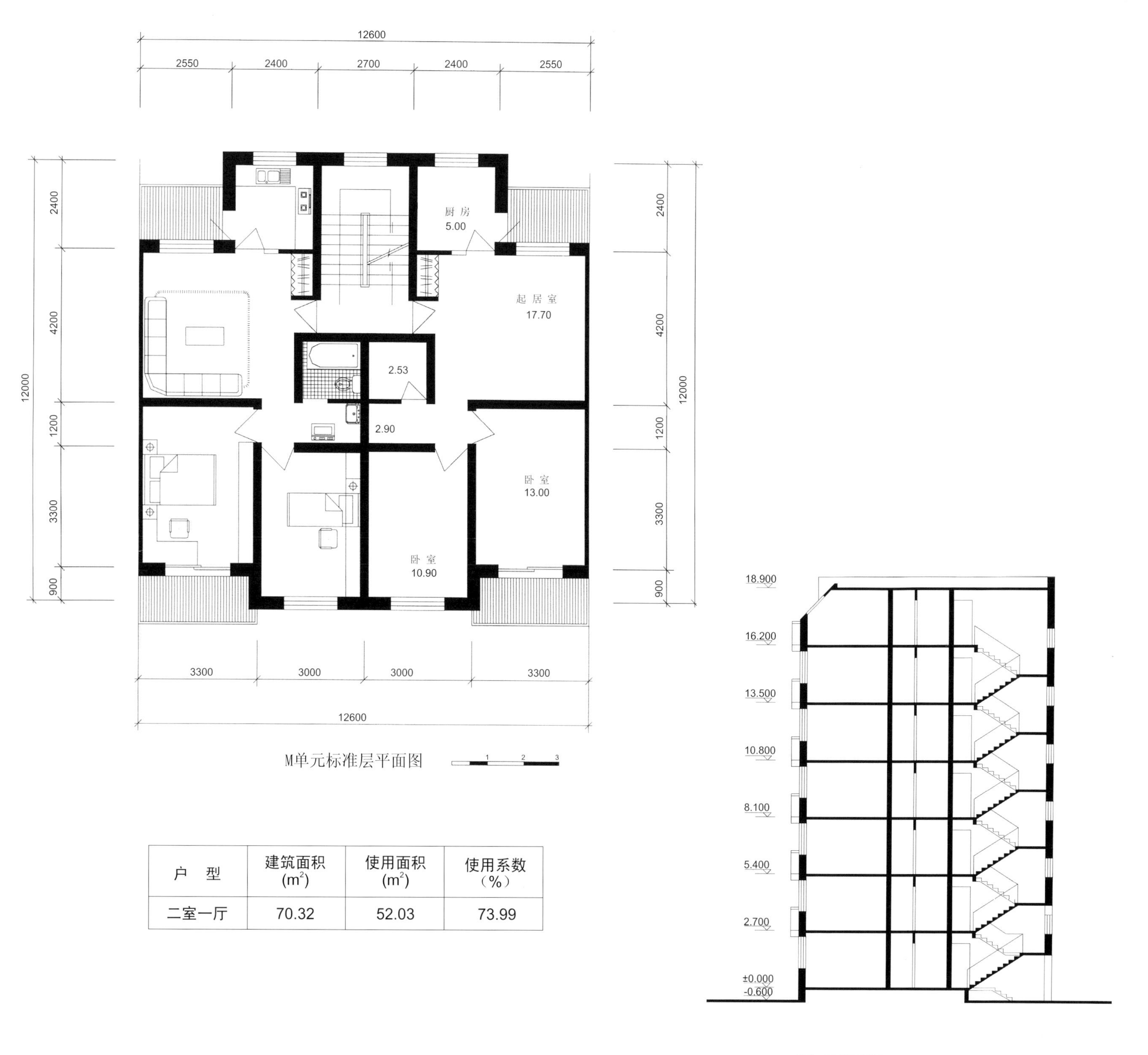

M单元标准层平面图

户　型	建筑面积 (m^2)	使用面积 (m^2)	使用系数 (%)
二室一厅	70.32	52.03	73.99

M单元剖面图

M单元南立面图 0.5 1 2 3

M单元北立面图 0.5 1 2 3

天津欧亚花园鸟瞰

天津欧亚花园住宅外观（1）

天津欧亚花园住宅外观（2）

天津欧亚花园屋顶鸟瞰

天津欧亚花园住宅外观（3）

天津欧亚花园住宅外观（4）

天津欧亚花园住宅外观（5）

万科城市花园鸟瞰图

点式住宅外立面

F座外立面

会所外景

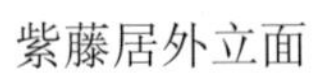
紫藤居外立面

玫瑰居外立面

木棉居外立面

红梅居外立面

A座外立面

居室实景

明厅实景

万科花园新城鸟瞰图（资料由天津万科兴业（集团）有限公司提供）

中心绿化广场及儿童游戏场

中心绿化广场全景

会所

C型住宅外观

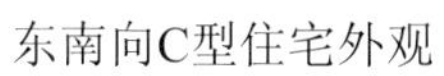
东南向C型住宅外观

C型住宅外观

C型住宅

住宅组团及户外停车场

D型住宅外观

独立住宅外观

D型住宅外观

D型住宅局部

C型住宅外观

泰达园全景图（1）

泰达园全景图（2）

A、B座住宅南立面

A座住宅南立面局部

中山门一段、十二段小区外观图

西安绿色山水小区规划设计

Planning and Design of GREEN HILLS & CLEAR WATERS Residential Quarter in Xi'an

设 计 单 位：北京众拓建筑工程设计有限责任公司
主要设计人：章 明 黄 卫等

西安绿色山水小区位于西安市西门外王家港居住区，自环城西路向西长约600m，自西关街向北约300m。基地东侧环城西路宽40m，规划将扩至70m;基地南侧西关正街宽50m，规划将扩至60m;基地西侧及北侧为旧城街巷，规划将扩至15m。基地内南北向及东西向规划15m路各一条，为未来的城市商业街道。

技术经济指标：占地6.567公顷；总建筑面积98 218.18m^2，其中住宅建筑面积78 141.64m^2，公共建筑面积20 076.54m^2；平均住宅层数7.9层；容积率1.495；总建筑密度 28.43%；绿化率31.34%；车位数295辆。

根据西门地区城市规划的要求，基地北部横贯东西的一条15m规划道路将基地分为四个地块。本规划方案力求强调因这一规划道路所形成的小型商业街道概念，试图建立起“一段商业街和一个居住组群”的规划模式。小区东部为多层居住建筑，底层为沿街商店，西部的组群中心由四种类型的住宅建筑构成：规划路北侧为14层板式高层跃层式住宅，其底层和2层为商店；规划路南侧东段为6层（局部7层）住宅，底层商店；西段为三栋16~18层塔式高层住宅，底部2层为小区公建项目，含能容纳6个班的幼儿园、老年及少年活动中心、健身房、卫生所、物业管理公司等；高层建筑地下部分为小区集中停车场、锅炉房、变电所、煤气调压站和小区市政管理中心。小区南部沿不规则轮廓线错落布置4~6层住宅，并相互围合成组团绿地中心。在规划设计中强调近人尺度范围的丰富性和连贯性，从而将零乱的规划用地连成较为有机的整体。

小区内机动车停车场分布于主干道东、西部入口附近。东部停车场半地下开放设置，其上部为入户人行及绿化平台。停车场南部停车位为竖向停车，西部停车场设于高层建筑群地下部分。机动车停车位共计295个，达到总住户的38%。小区自行车停车位设于机动车停车场边角处，共计1 164个车位，达到户均1.5个车位。

小区绿地布局在相对集中连片的原则下分为三块：小区中心绿地、组团绿地及绿化台地（共约5 000m^2）。

小区住宅设计分为四种类型：高层塔式住宅、多层单元式住宅、多层点式住宅及跃层式高层板式住宅。住宅造型采用局部对称，屋顶、墙身、基座三段划分的手法，通过屋顶连续有序、起伏变化的形式，配以灰色、白色的墙面分块组合，力争与古城西安特色相协调。

该项目于1997年通过建设部组织的2000年小康住宅科技产业工程的评审，被评为优秀方案。

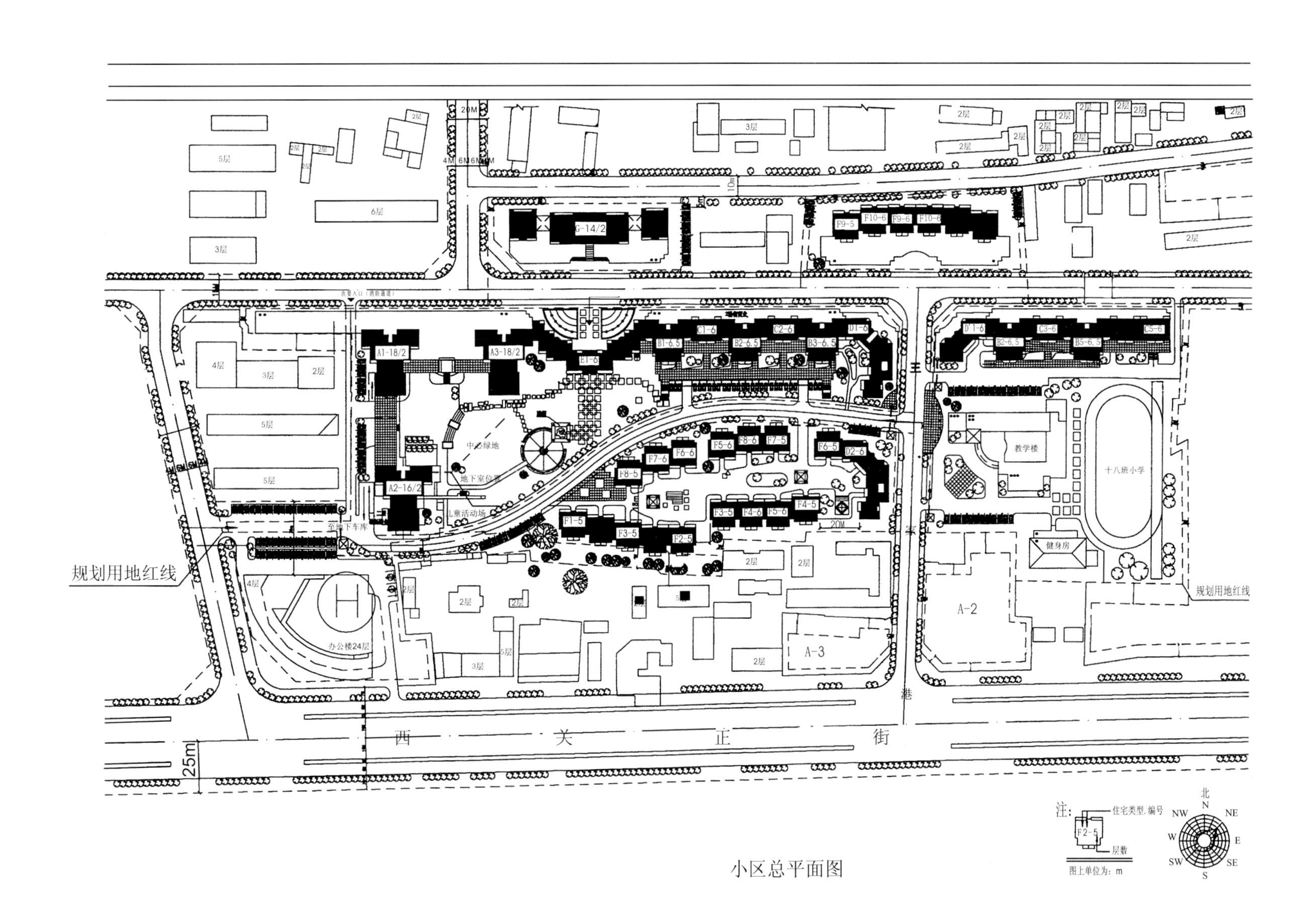
20M
5层
6层
3层
4层
2层
G-14/2
F9-5
F10-6
F9-6
A1-18/2
A3-18/2
A2-16/2
E1-6
C1-6
C2-6
B1-6.5
B2-6.5
B3-6.5
D1-6
C3-6
C5-6
B5-6.5
中心绿地
地下室位置
儿童活动场
至地下车库
F1-5
F2-5
F3-5
F4-5
F4-6
F5-6
F6-5
F6-6
F7-5
F7-6
F8-5
F8-6
D2-6
教学楼
十八班小学
健身房
A-2
A-3
办公楼24层
规划用地红线
西 关 正 街
25m
注:
住宅类型. 编号
层数
图上单位为：m
北
N
NE
E
SE
S
SW
W
NW

小区总平面图

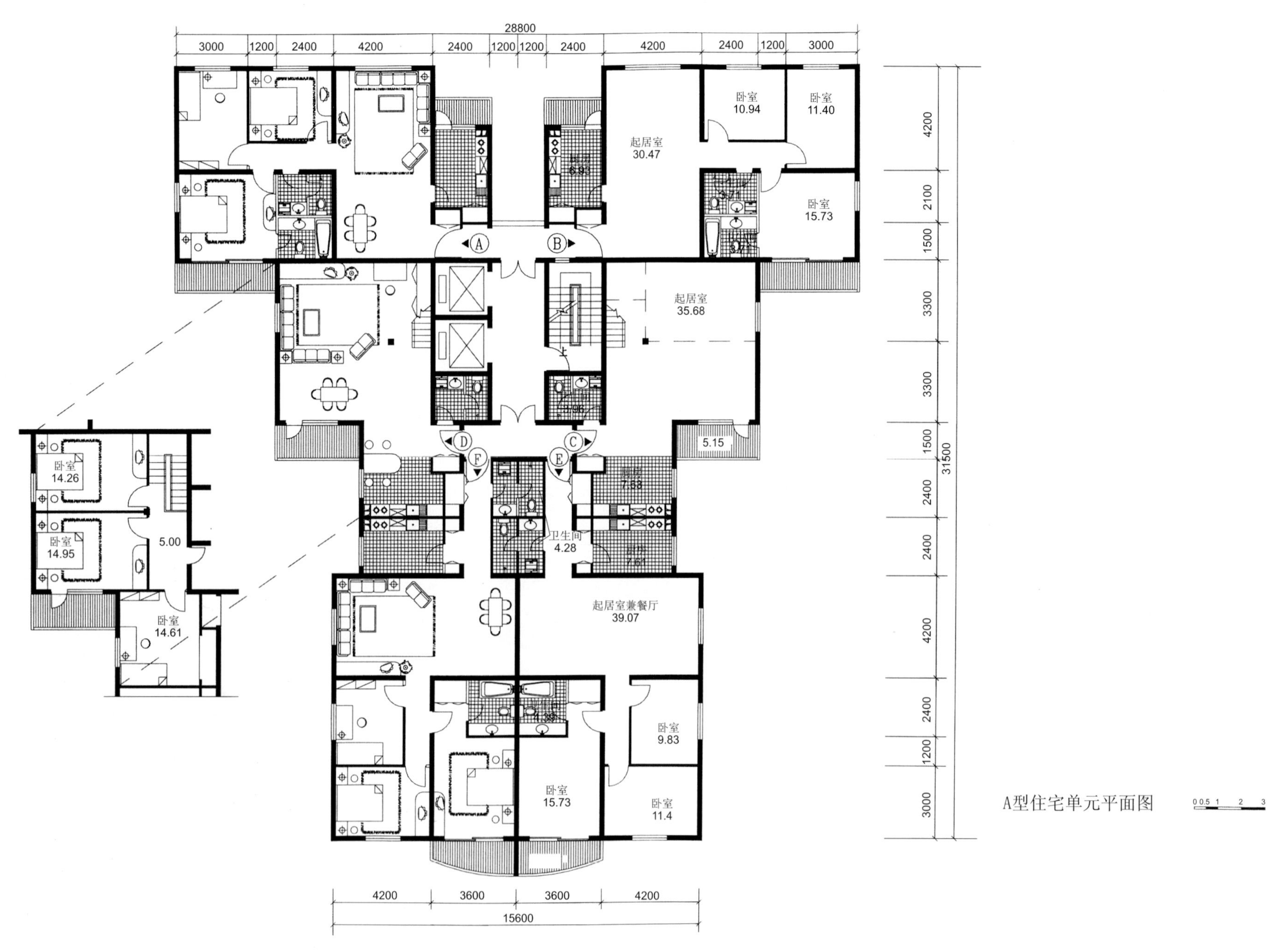

A型住宅单元平面图

户　型	建筑面积 (m²)	使用面积 (m²)	使用系数 (%)	阳台面积 (m²)
Ⓐ、Ⓑ　三室二厅	114.18	85.41	74.9	5.04
Ⓒ、Ⓓ　三室二厅	132.80	105.19	79.21	10.3
Ⓔ、Ⓕ　三室二厅	121.91	90.27	74.04	4.00

A型住宅北立面图

A型住宅南立面图

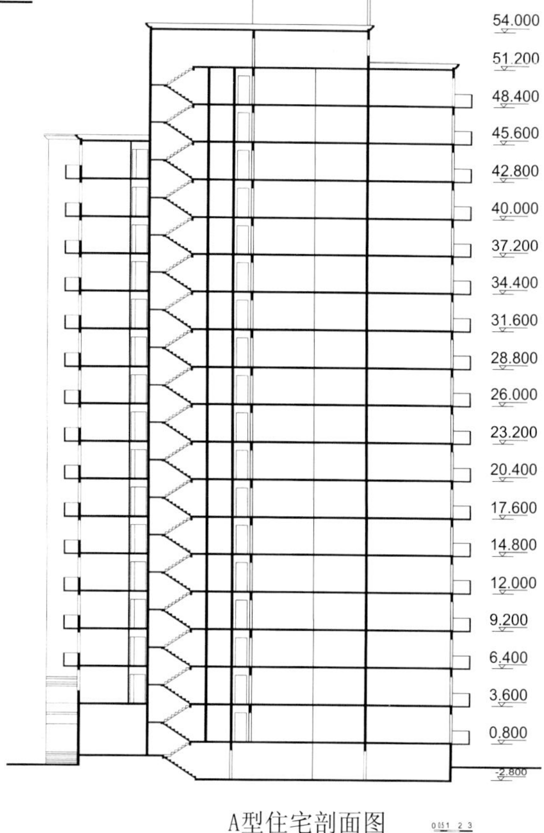

A型住宅剖面图

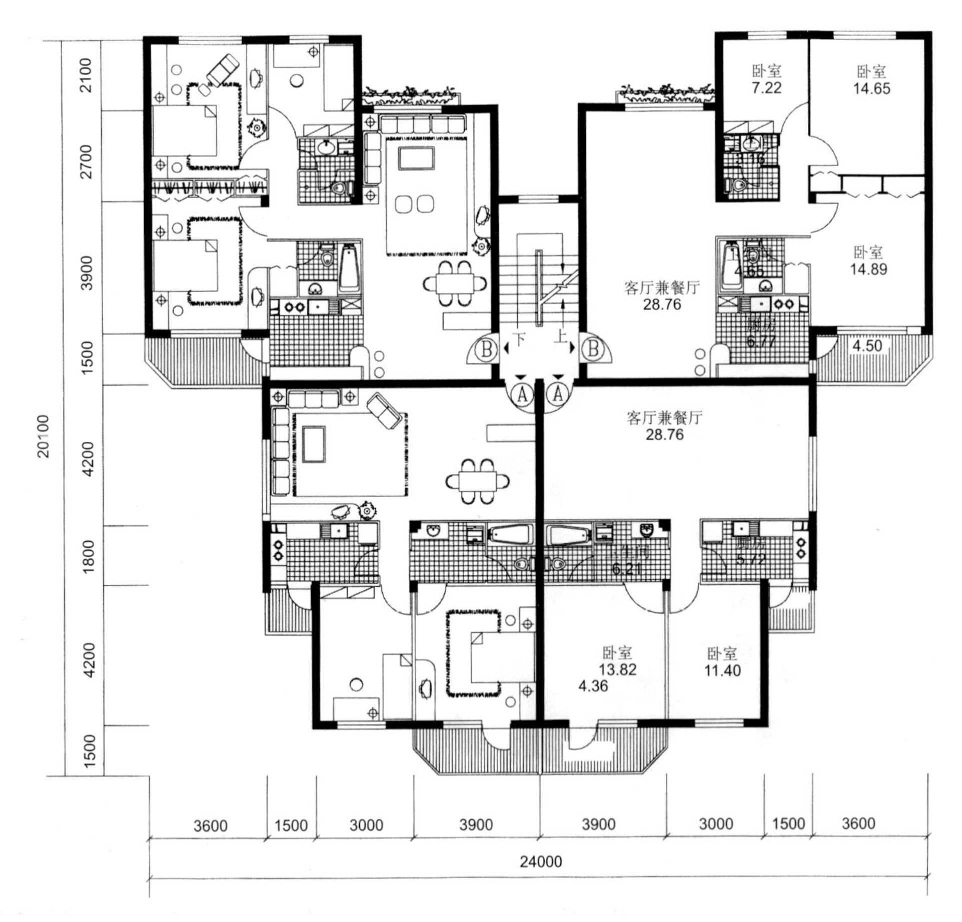

户　型	建筑面积 (m^2)	使用面积 (m^2)	使用系数 (%)	阳台面积 (m^2)
Ⓐ 二室二厅	83.21	70.82	85.1	6.11
Ⓑ 三室二厅	97.70	82.4	84.3	4.50

B型住宅单元平面图

户　型	建筑面积 (m^2)	使用面积 (m^2)	使用系数 (%)	露台面积 (m^2)
Ⓒ 三室二厅	141.48	116.52	82.4	58.36
Ⓓ 三室二厅	124.66	101.54	81.5	12.12

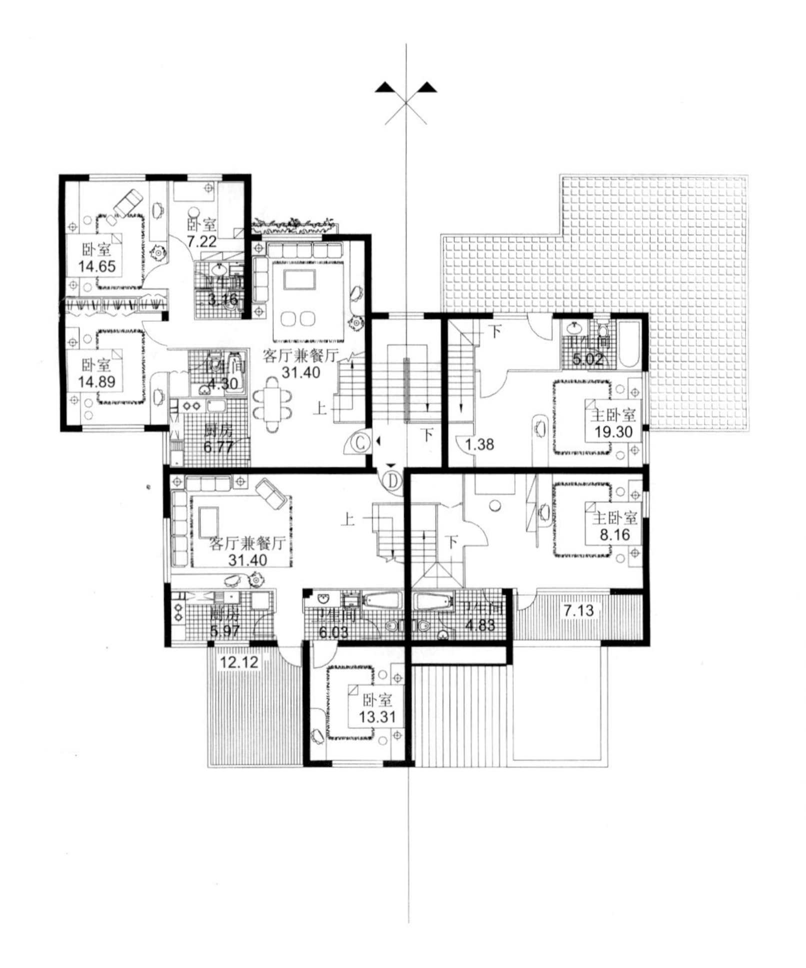

B型住宅单元顶层平面图　　B型住宅单元跃层平面图

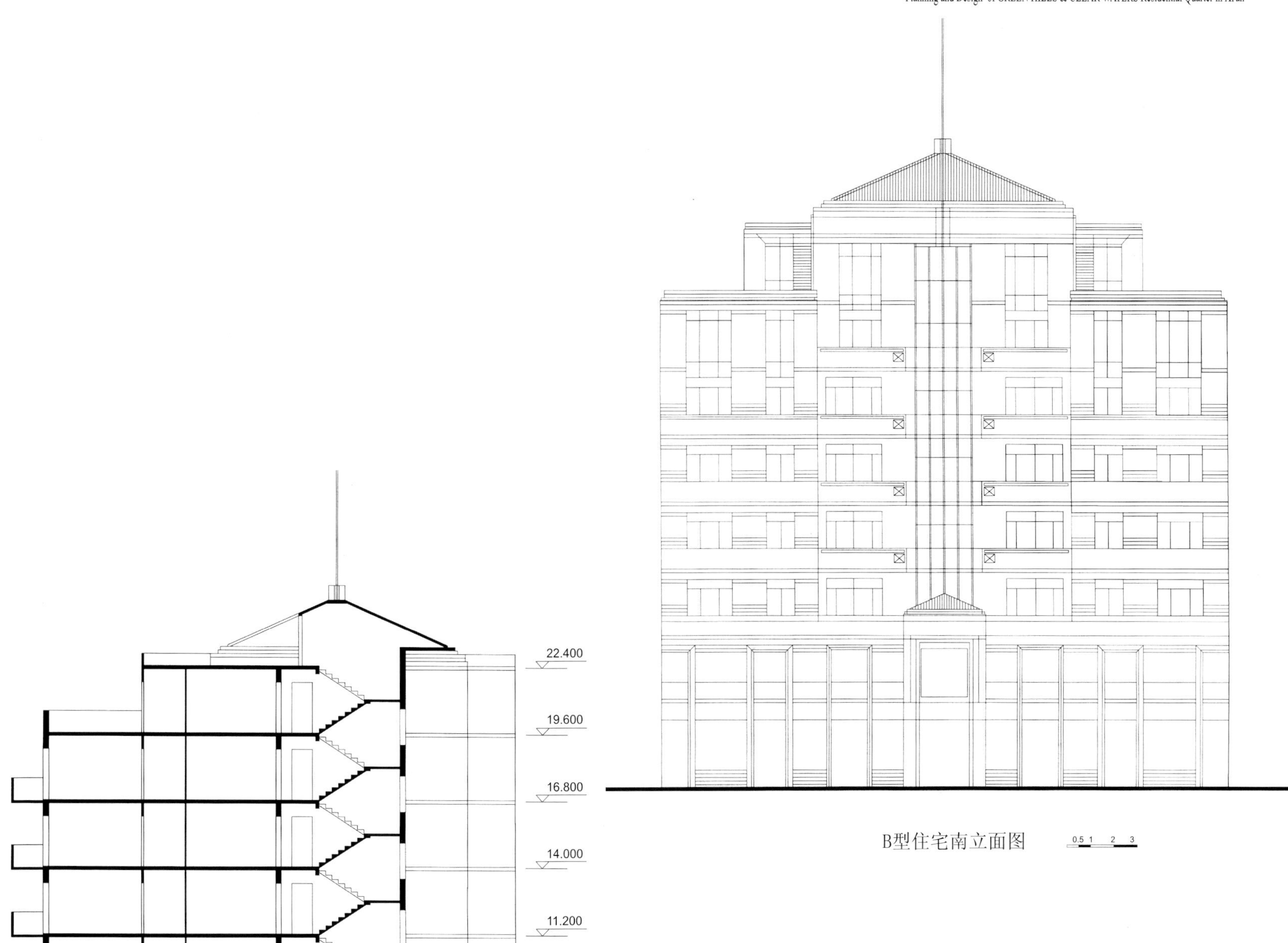

B型住宅南立面图

B型住宅剖面图

0.51 2 3

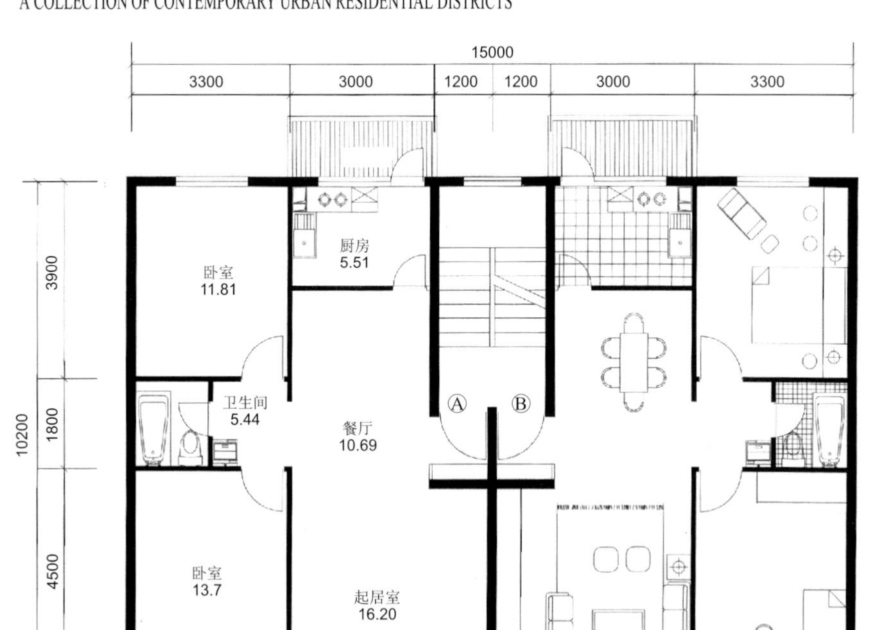

C型住宅单元平面图

户　型	建筑面积 (m^2)	使用面积 (m^2)	使用系数（%）	阳台面积（m^2）
Ⓐ、Ⓑ 二室二厅	83.39	69.57	83.4	8.82

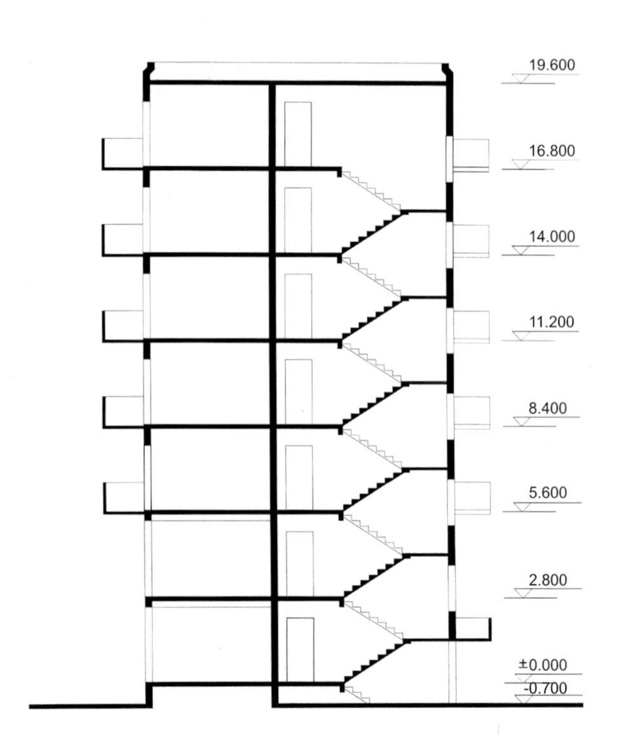

C型住宅单元剖面图

C型住宅单元立面图

户　型	建筑面积 (m^2)	使用面积 (m^2)	使用系数 (%)
Ⓐ 五室二厅	141.70	116.03	81.88
Ⓑ 三室二厅	123.59	101.63	82.23
Ⓒ 三室二厅	116.46	94.85	81.44
Ⓓ 二室二厅	90.92	69.13	76.04

D型住宅单元平面图

D型住宅立面图

E型住宅单元四层平面图

户　型	建筑面积 (m^2)	使用面积 (m^2)	使用系数 (%)	阳台面积 (m^2)
Ⓐ 二室二厅	83.06	65.21	79.0	9.14
Ⓑ 二室二厅	86.55	68.89	80.0	8.68
Ⓒ 二室二厅	82.42	64.84	79.0	9.62
Ⓓ 二室二厅	87.01	68.99	79.0	10.12

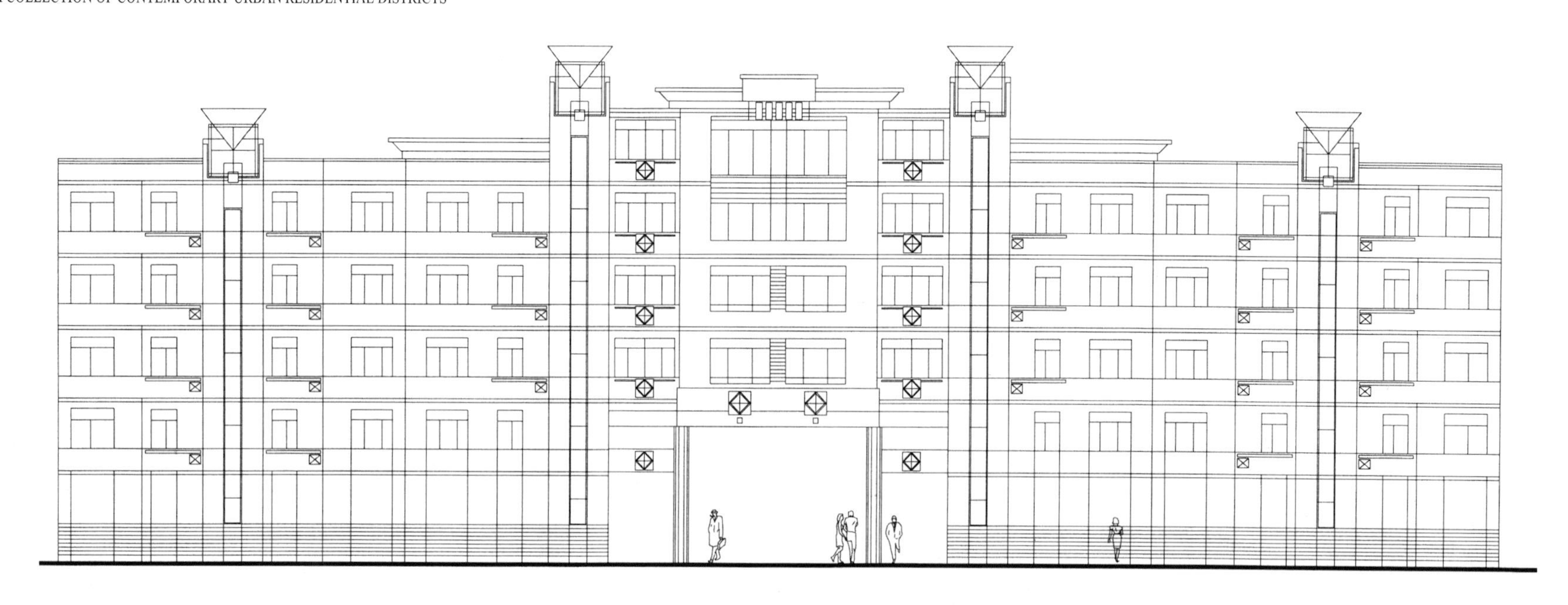

E型住宅立面图

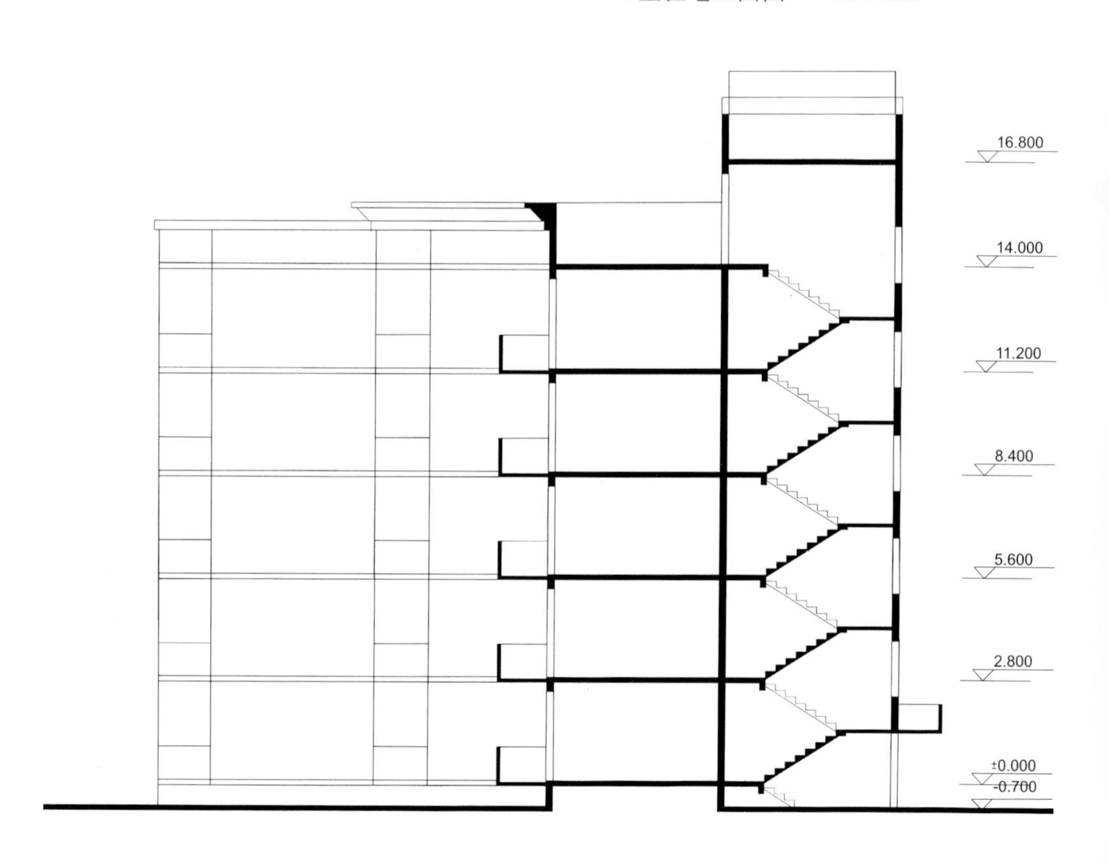

E型住宅剖面图

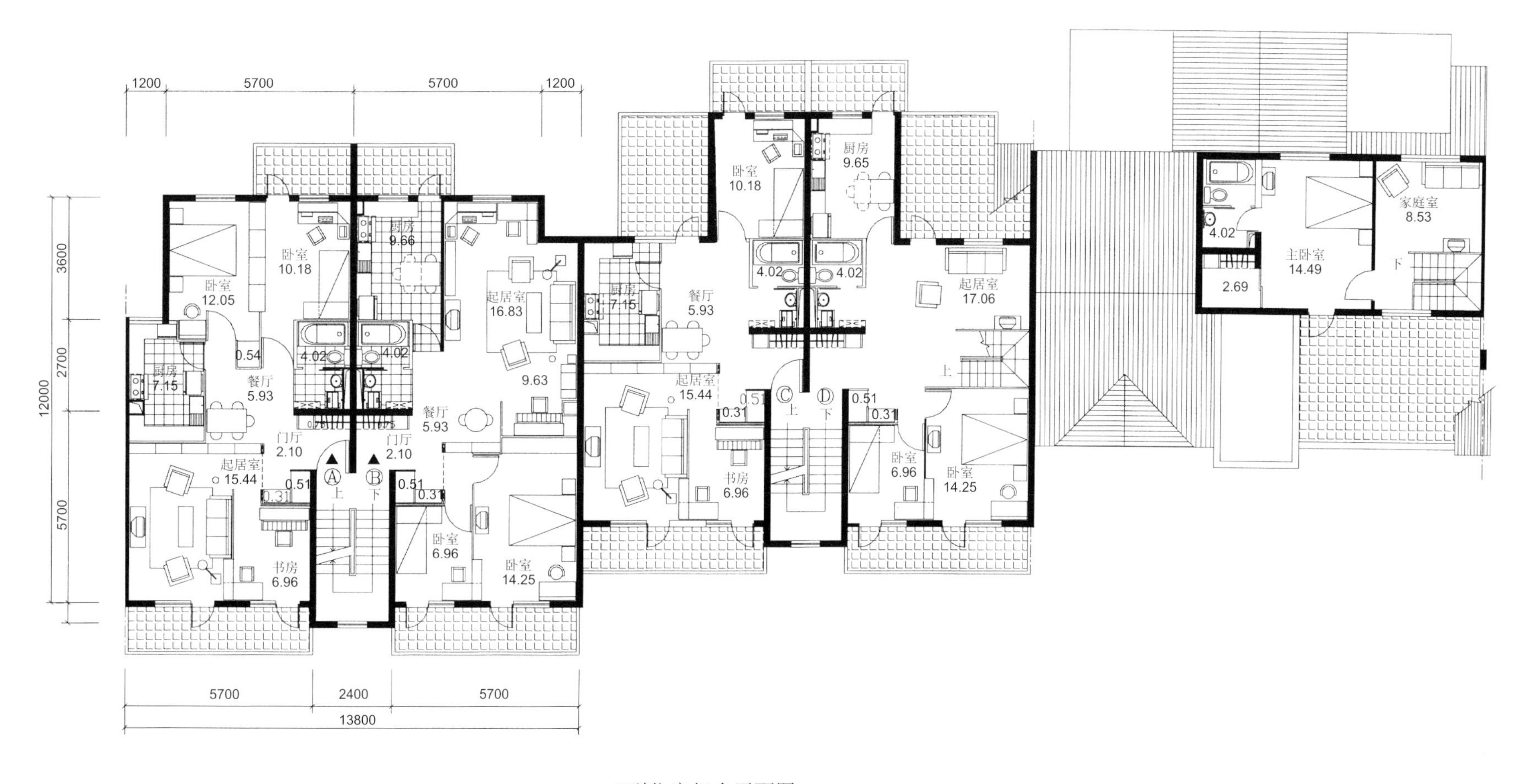

F型住宅组合平面图

户　型	建筑面积 (m^2)	使用面积 (m^2)	使用系数 (%)	阳台面积 (m^2)
Ⓐ 二室二厅	80.07	68.50	85.55	12.42
Ⓑ 二室二厅	82.71	70.61	85.37	12.42
Ⓒ 一室二厅	70.66	58.56	82.89	12.42
Ⓓ 三室二厅	127.48	103.62	81.23	12.42

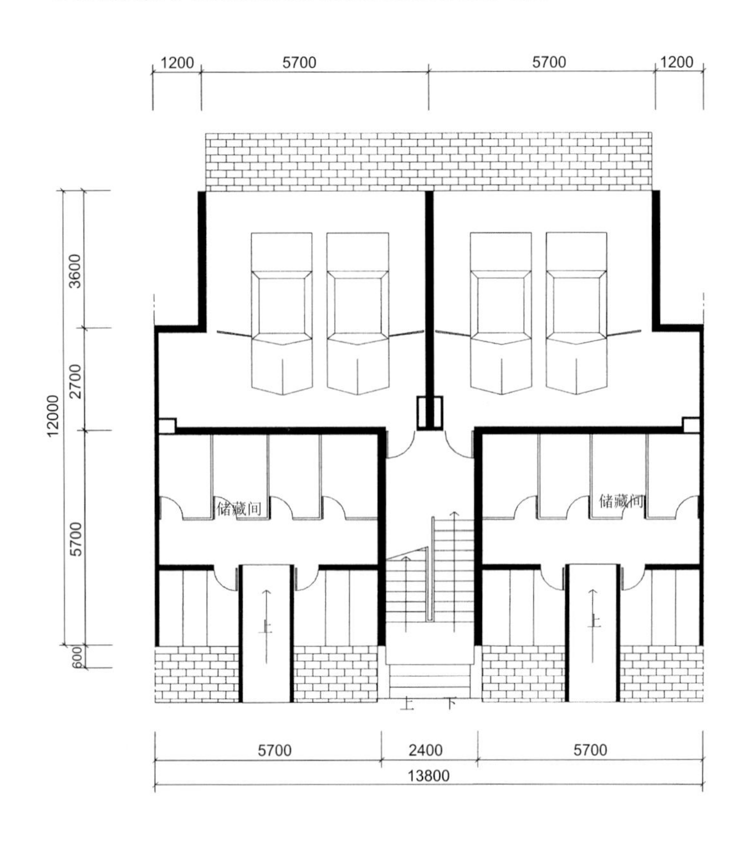

F型住宅首层平面图

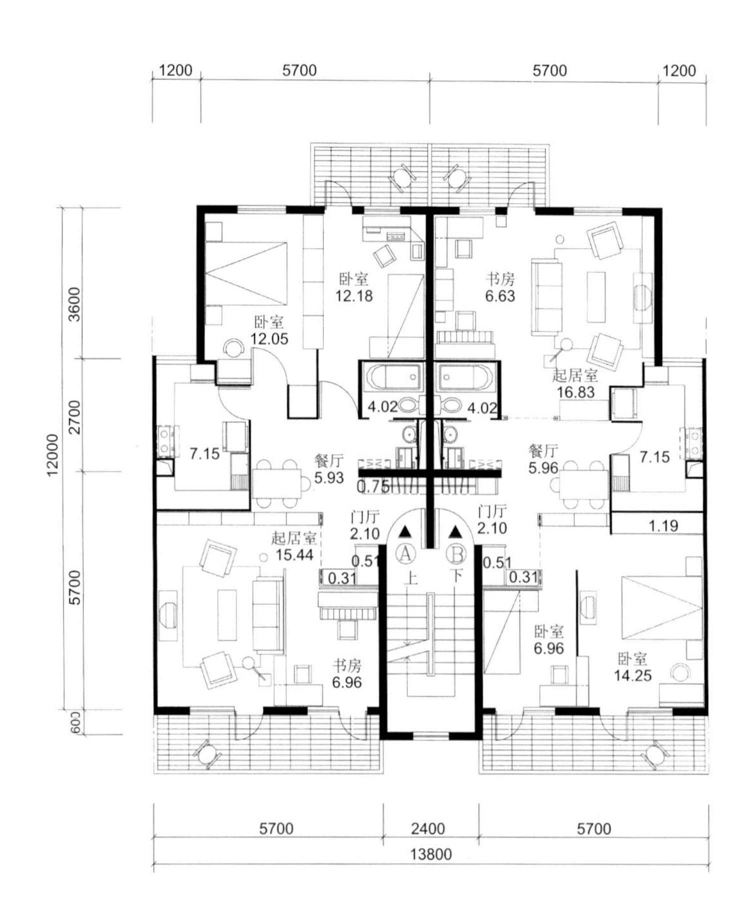

F型住宅标准层平面图

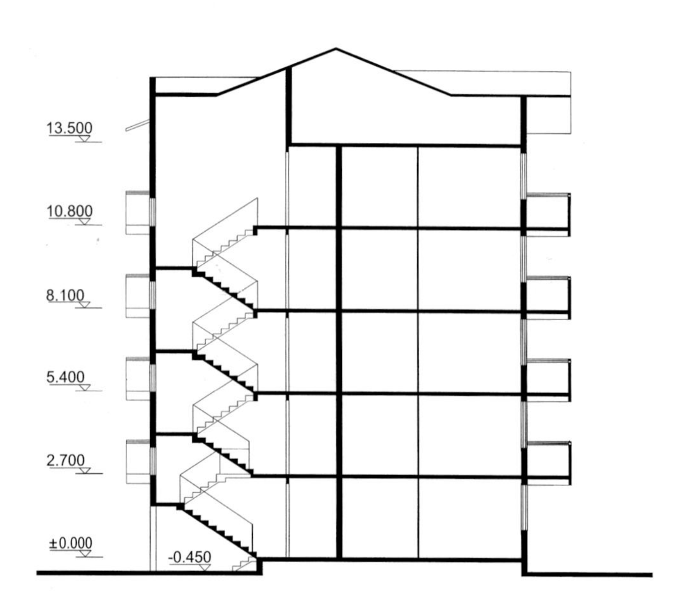

F型住宅剖面图

户　型	建筑面积 (m^2)	使用面积 (m^2)	使用系数 (%)	阳台面积 (m^2)
Ⓐ、Ⓑ二室二厅	80.07	68.50	85.55	12.42

F型住宅南立面图 0.5 1 2 3

F型住宅北立面图 0.5 1 2 3

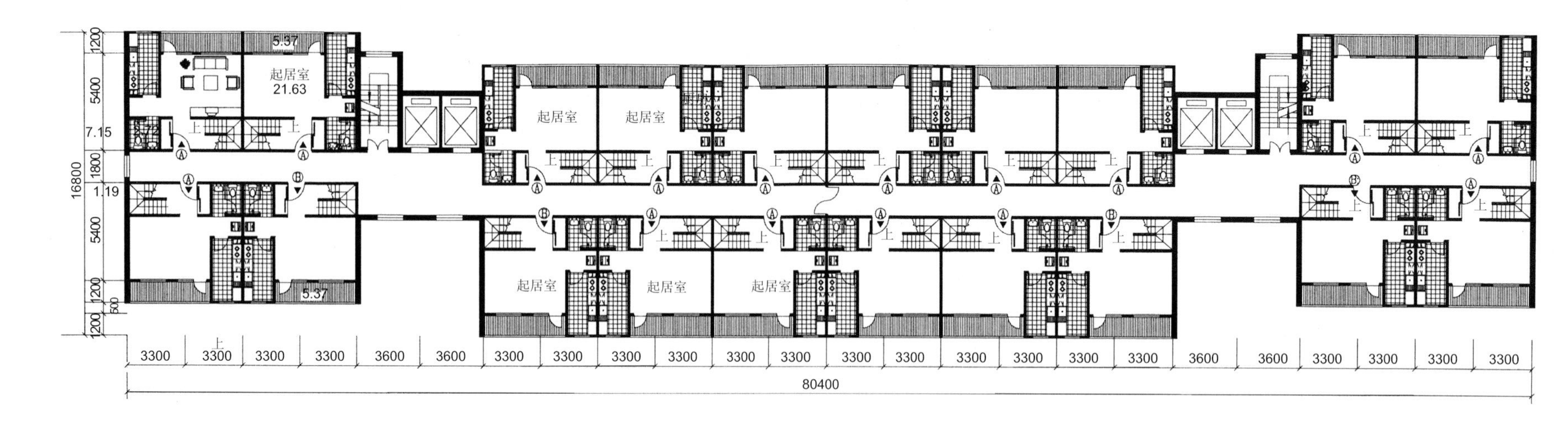

G型住宅单元标准层（奇数）平面图

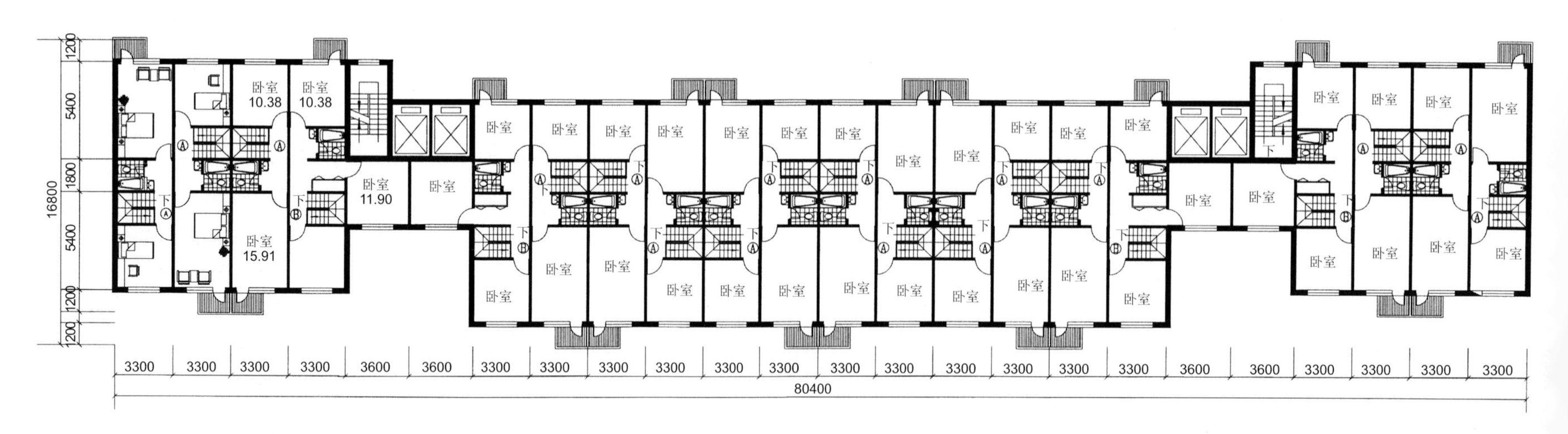

G型住宅单元标准层（偶数）平面图

户　型	建筑面积 (m^2)	使用面积 (m^2)	使用系数 (%)	阳台面积 (m^2)
Ⓐ 二室二厅	103.16	68.81	66.7	7.33
Ⓑ 三室二厅	117.89	78.41	66.5	7.33

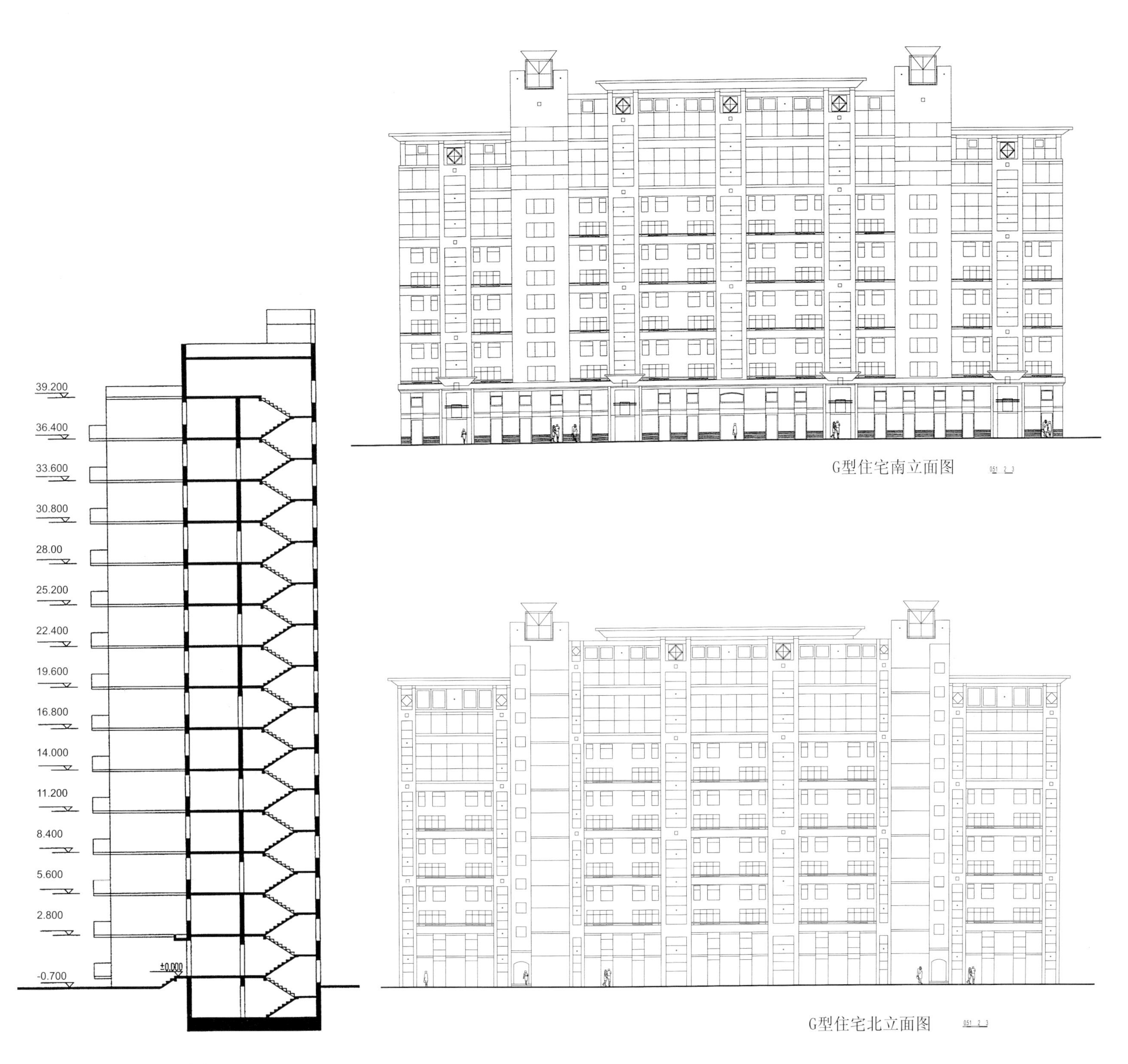

G型住宅南立面图

G型住宅北立面图

G型住宅剖面图

沿街立面图

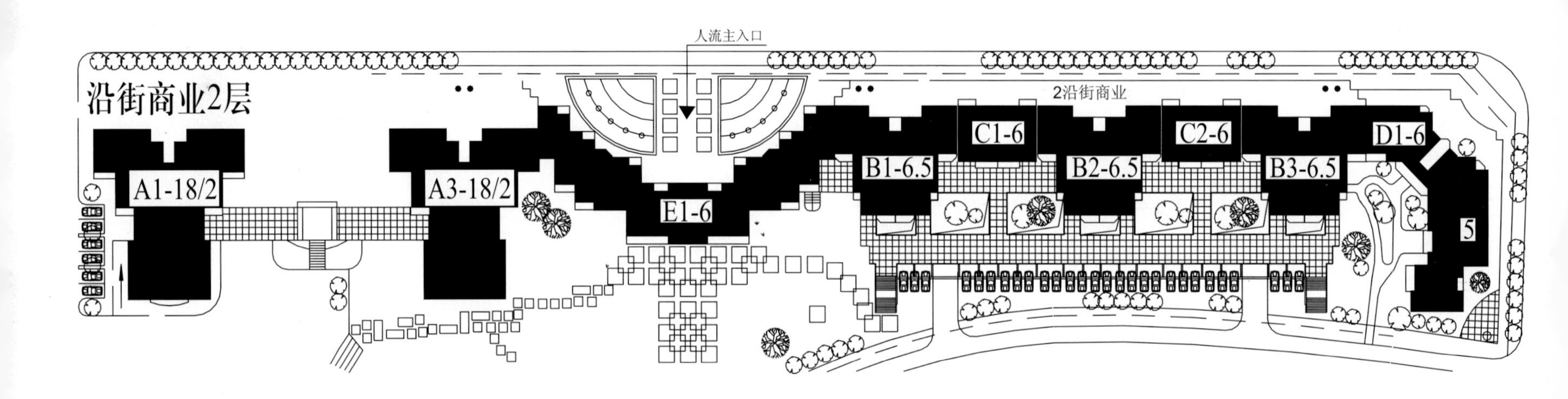

小区局部平面图

沈阳翔凤花园规划设计

Planning and Design of Xiangfeng Garden in Shenyang

设 计 单 位：天津大学建筑设计研究院
主要设计人：卞洪宾 任 军 蔡 泓 陆 敏 张 波

沈阳市翔凤花园居住区地处市中心一环线以内，东临沈阳市第三大商业中心北行市场，且邻近银泰百货，背靠知名学府辽宁大学，且有珠江五校、43中学、120中学等著名中小学环绕四周，紧邻假日俱乐部。小区距沈阳南站、北站只有10分钟路程，交通便利，方便生活。

技术经济指标：小区规划总占地5.67公顷；总建筑面积123 195m²，其中公共建筑面积4 252m²；容积率2.14；绿化率30.63%；汽车停车位214个，其中地面停车位85个，地下停车位156个，车位拥有率23.9%。

该小区属旧区改造项目，除商品房之外，尚需提供部分还迁户用户，因此容积率较高，除一部分六层住宅之外，尚有部分中高层和四栋高层。中心绿地与百鸟公园遥相对望，四栋高层住宅作为底景，南面为小区绿地，北面为百鸟公园，景观环境良好。为满足住户多层次的要求，小区共设有多种户型。

该小区作为东北地区惟一的国家重大科技产业工程项目——21世纪推广型小康住宅，其具备四大保证体系，即节能体系、智能控制体系、安全防护体系、园林绿化体系。特别是它与沈阳市百鸟公园自然贯通，周围环境优美，是一座符合现代人居住需要的真正建在公园里的绿色家园，也是沈阳市第一个小康住宅科技产业工程项目。该项目于1998年通过建设部组织的2000年小康住宅科技产业工程的评定，一期工程已竣工入住。

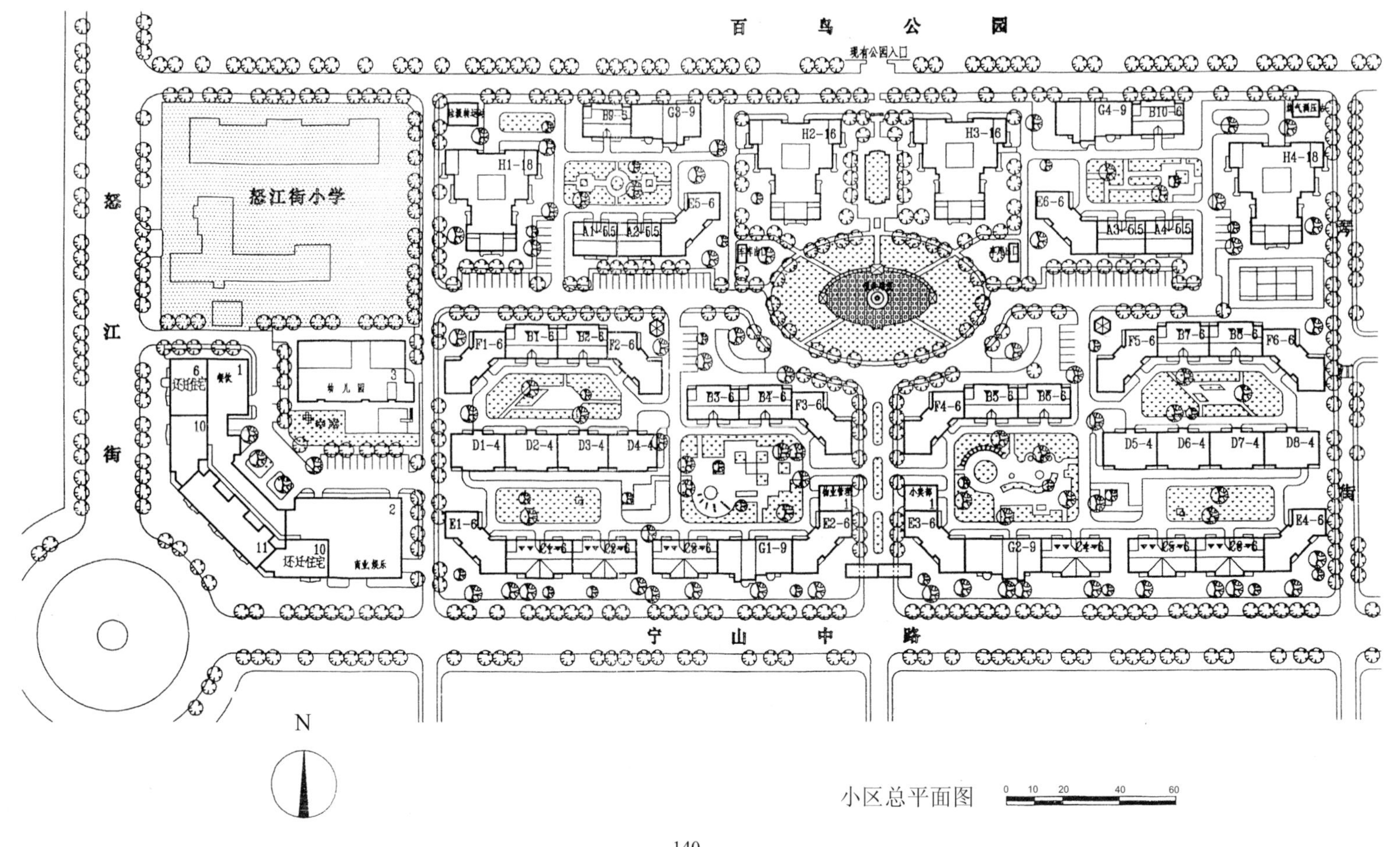

小区总平面图

0 10 20 40 60

D型半地下室平面图

D型变层高平层平面图

户　型	建筑面积 (m^2)	使用面积 (m^2)	使用系数 （%）	阳台面积 (m^2)
二室一厅	104.04	81.37	78.21	8.68

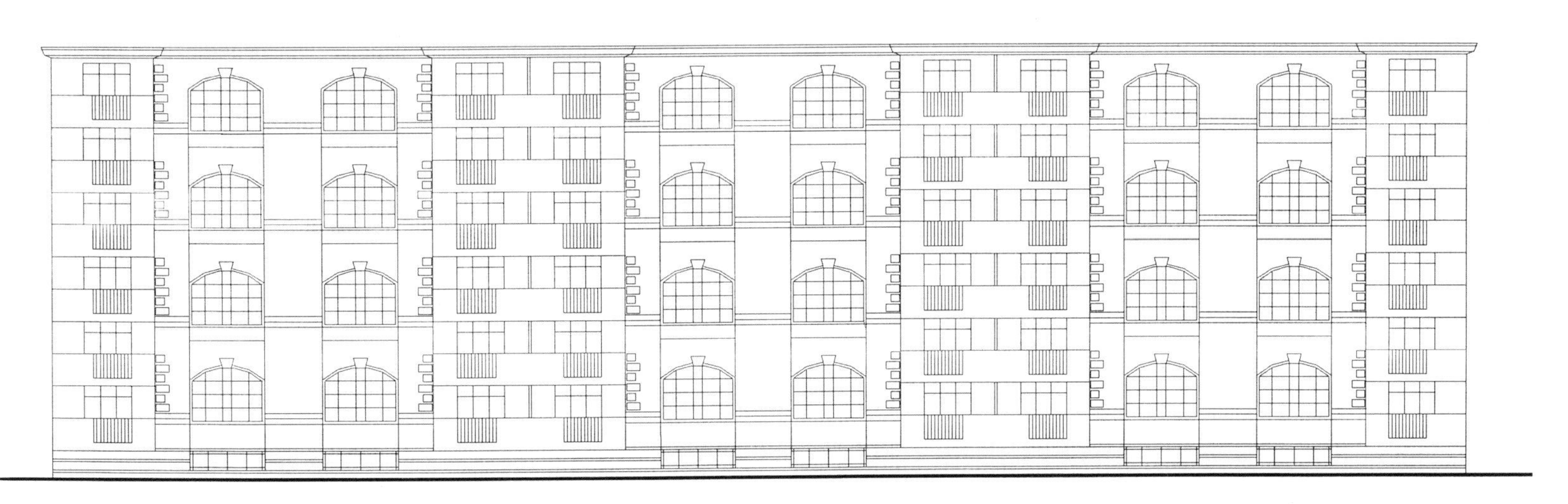

D型住宅南立面图

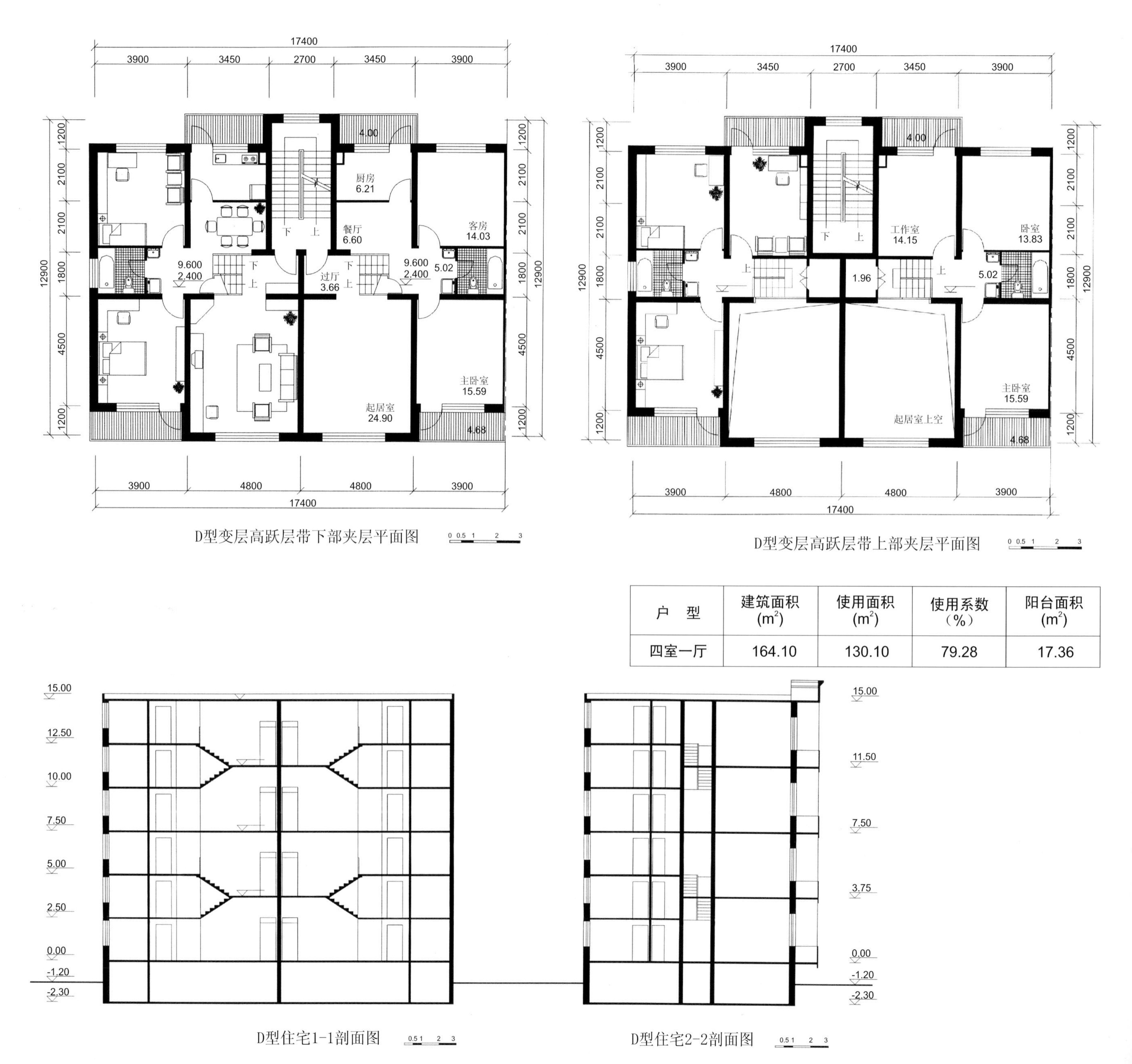

D型变层高跃层带下部夹层平面图

D型变层高跃层带上部夹层平面图

户　型	建筑面积 (m^2)	使用面积 (m^2)	使用系数 (%)	阳台面积 (m^2)
四室一厅	164.10	130.10	79.28	17.36

D型住宅1-1剖面图

D型住宅2-2剖面图

户　型	建筑面积 (m^2)	使用面积 (m^2)	使用系数 （%）	阳台面积 (m^2)
三室一厅	122.48	92.28	75.34	11.04

E型标准层平面图

E型住宅南立面图 0.5 1 2 3

19.50
18.90
16.80
14.00
11.20
8.40
5.60
2.80
0.00
-0.45

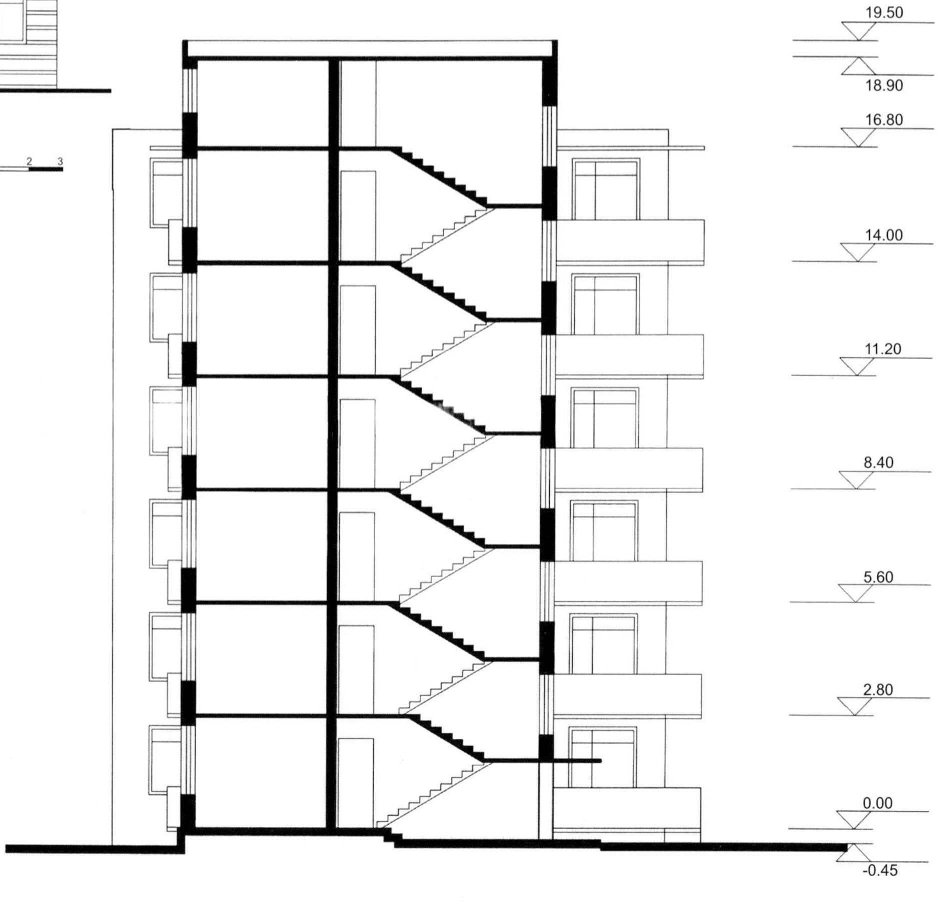

E型住宅剖面图 0.5 1 2 3

G型住宅南入口单元首层平面图

G型住宅北入口单元首层平面图

户　型	建筑面积 (m^2)	使用面积 (m^2)	使用系数 (%)
Ⓐ 二室一厅	98.67	69.72	70.66
Ⓑ 三室一厅	120.4	88.96	73.89
Ⓒ 跃层三室一厅	117.43	87.36	74.41

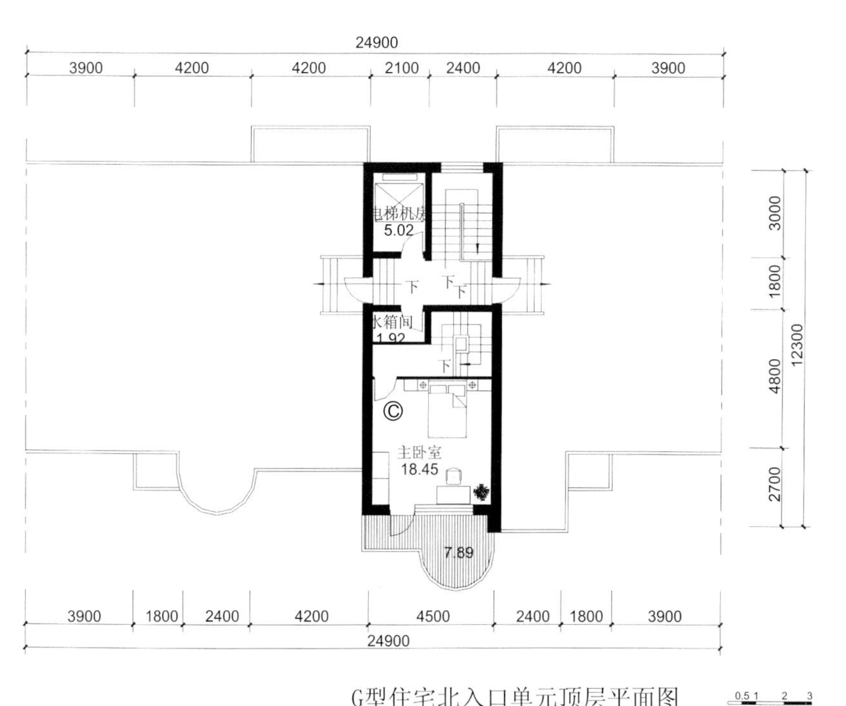

G型住宅北入口单元顶层平面图

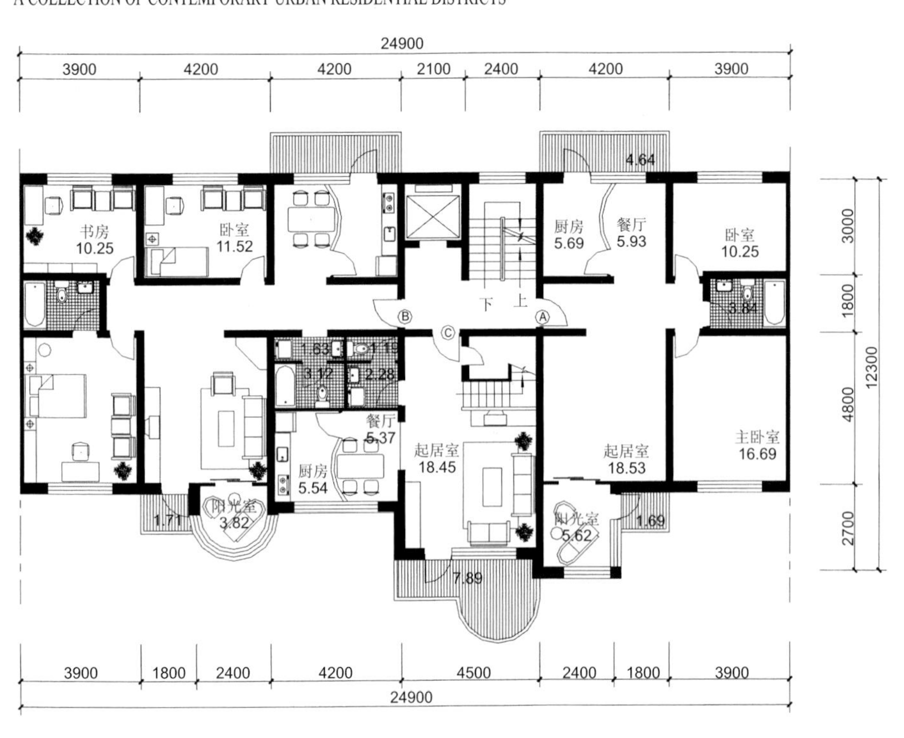

G型住宅南入口单元二、四、六、八层平面图
G型住宅北入口单元三、五、七、九层平面图

G型住宅南入口单元三、五、七、九层平面图
G型住宅北入口单元二、四、六、八层平面图

G型住宅南立面图

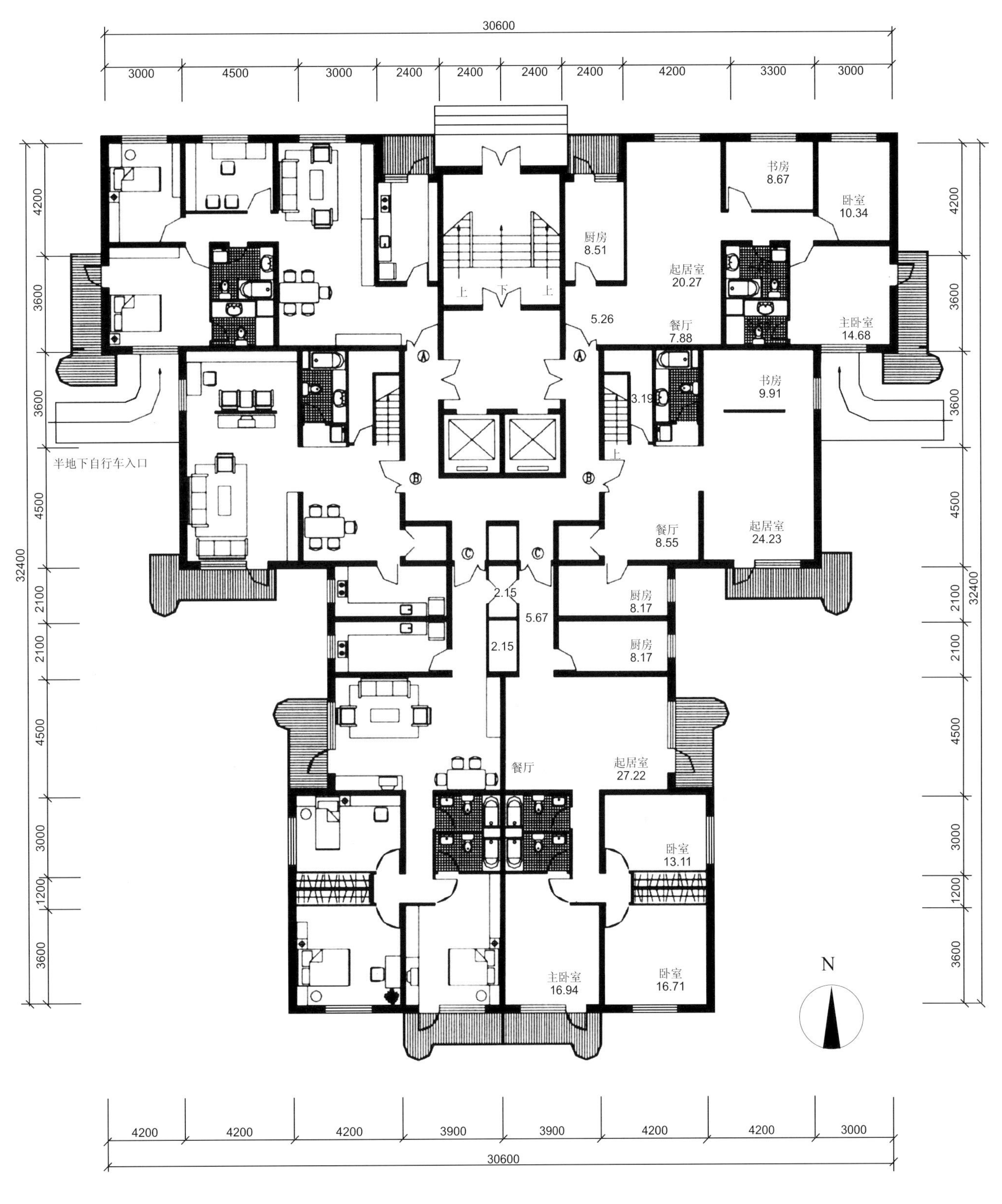
30600
3000
4500
3000
2400
2400
2400
2400
4200
3300
3000
书房
8.67
卧室
10.34
厨房
8.51
起居室
20.27
上
下
上
5.26
餐厅
7.88
主卧室
14.68
书房
9.91
3.19
上
半地下自行车入口
餐厅
8.55
起居室
24.23
2.15
5.67
2.15
厨房
8.17
厨房
8.17
餐厅
起居室
27.22
卧室
13.11
主卧室
16.94
卧室
16.71
N
4200
3600
3600
4500
2100
2100
4500
3000
1200
3600
32400
4200
4200
4200
3900
3900
4200
4200
3000
30600

高层住宅首层平面图

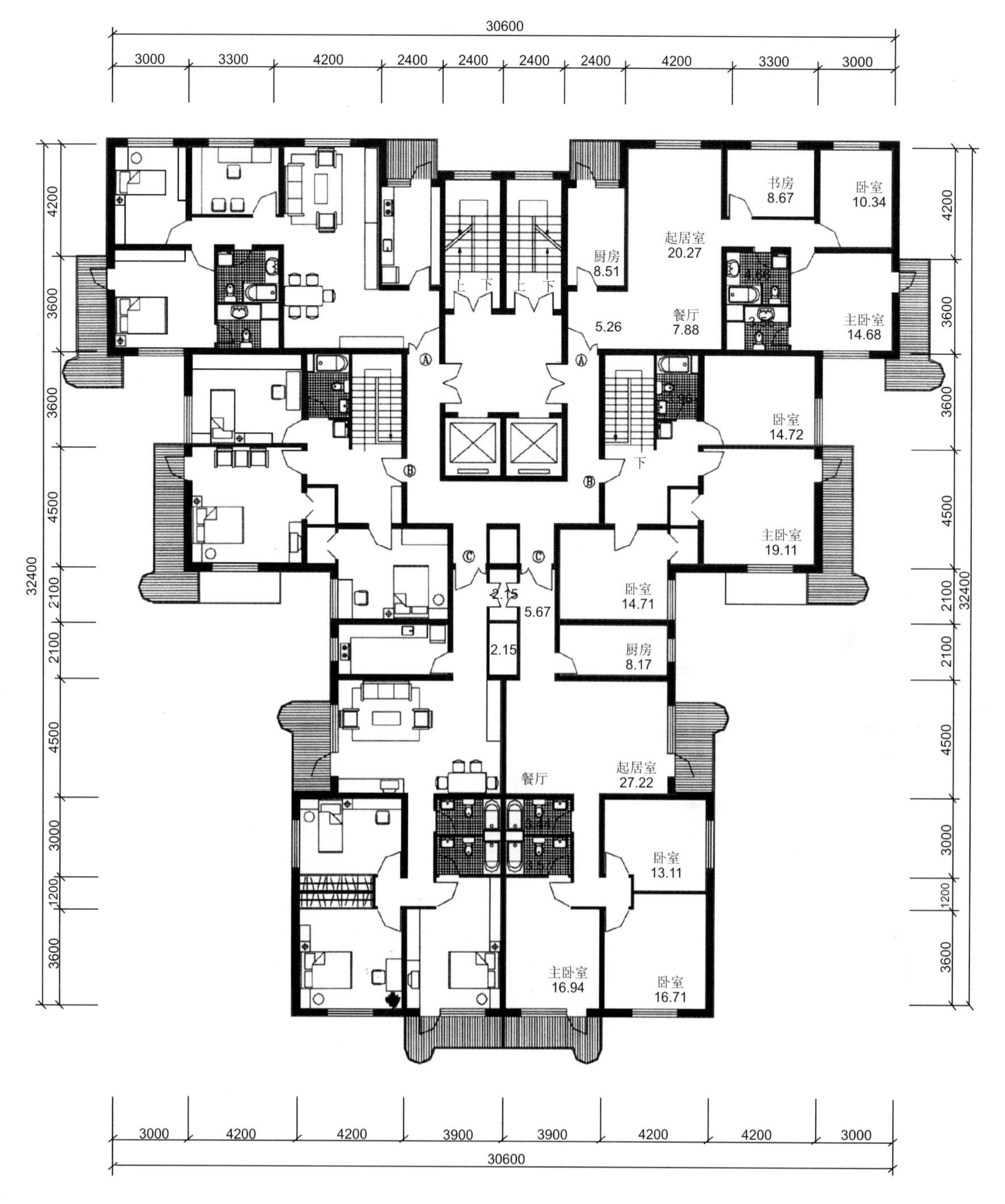

高层住宅标准层平面图

户　型	建筑面积 (m^2)	使用面积 (m^2)	使用系数 (%)	阳台面积 (m^2)
Ⓐ 二室一厅	114.99	88.58	77.00	10.25
Ⓑ 四室一厅	192.02	147.13	77.00	14.50
Ⓒ 三室一厅	140.48	102.37	73.00	10.67

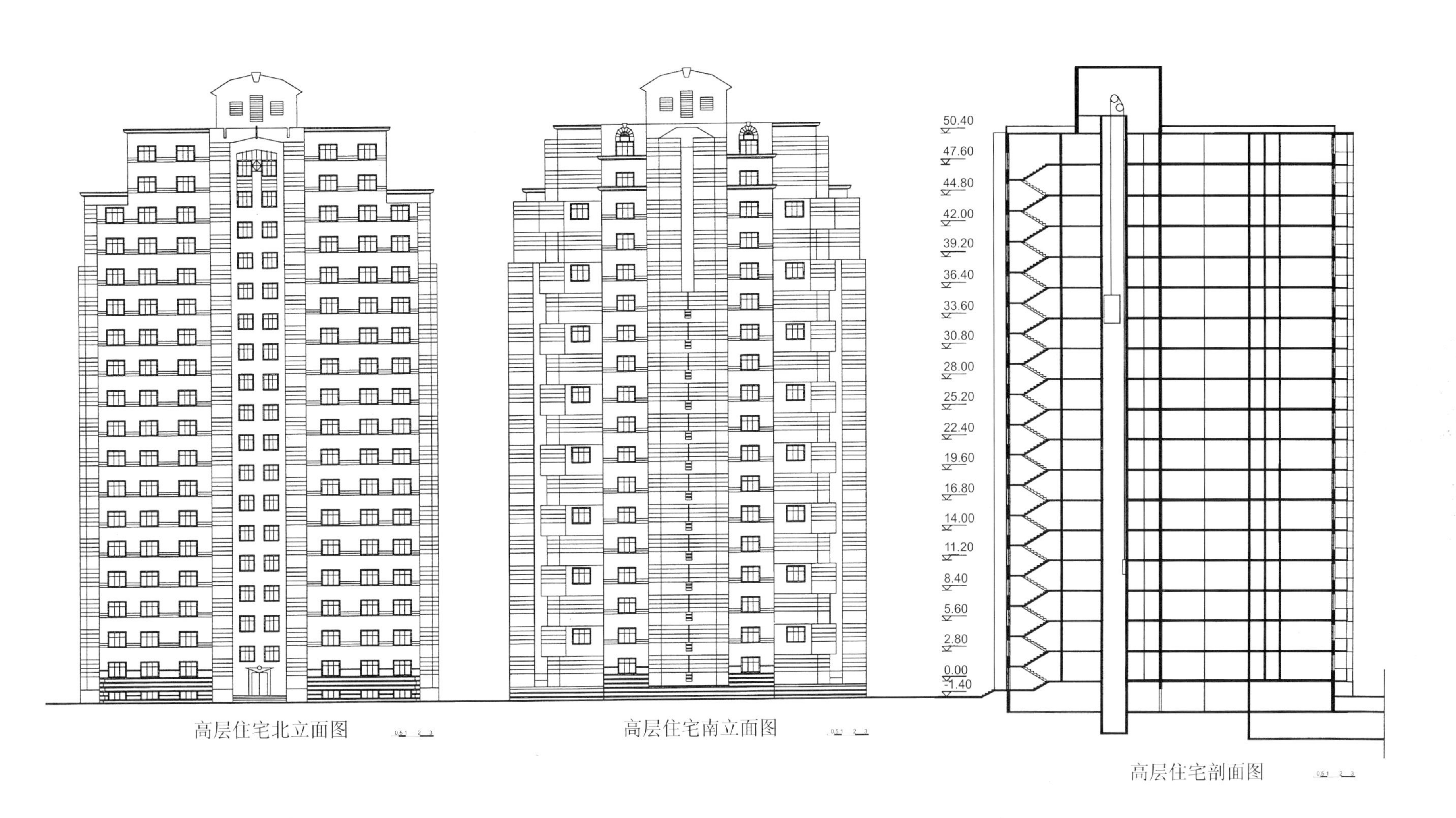

高层住宅北立面图

高层住宅南立面图

高层住宅剖面图

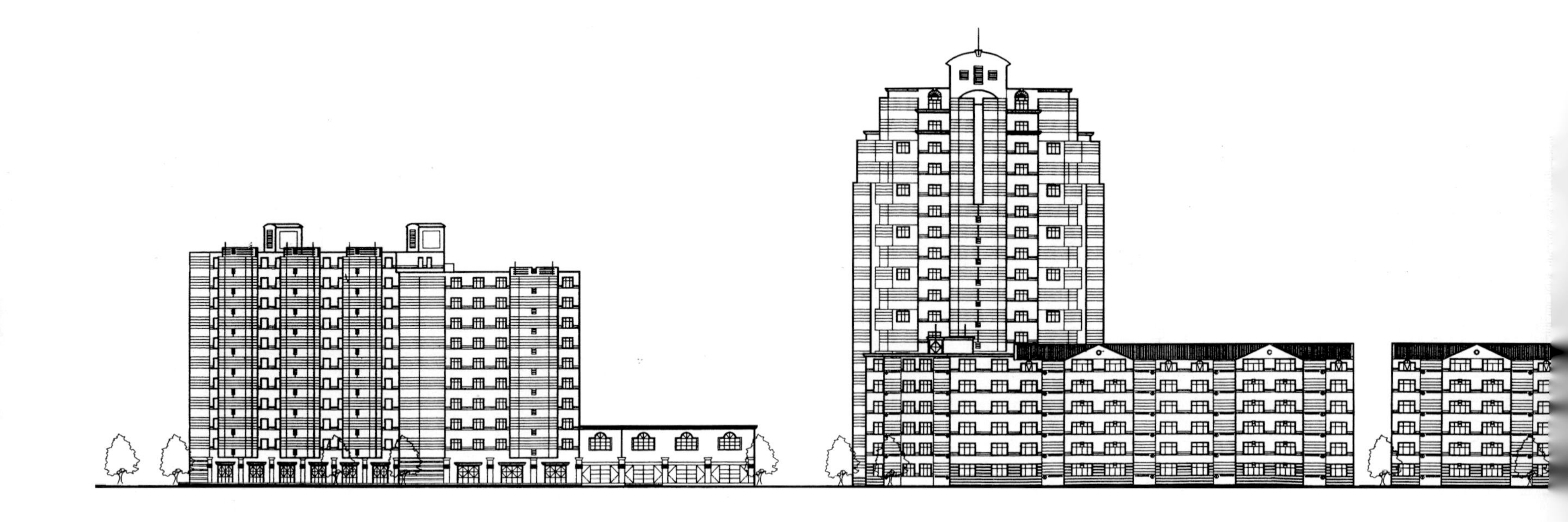

沿街立面图

后　记

居住方式和居住建筑是社会变迁的组成部分和具体体现。传统的经验值得借鉴，但更重要的是我们必须开创新的住宅建设事业，以满足今天和未来的居住需要。借工作之便，在完成两项住宅研究课题和同香港中文大学建筑系的交流合作过程中，收集了大量优秀住宅小区设计实例，使我们对居住问题的理解不断加深，对居住空间设计质量的洞察力也随之敏感。交流是推动事业进步的手段，这一想法得到了天津大学出版社的大力支持，于是终于有了本书的出版。书中实例主要是近年来天津及相关省份兴建的住宅小区，并且多数是首次亮相。

住宅设计质量与每个人的生活密切相关。设计质量的好坏，取决于设计者对居住生活深入细致的观察。希望本书的出版能为我们今后的住宅设计研究工作带来一些新的启示，同时能吸引更多的建筑界同行重视和加强在这一领域的研究。在本书的出版过程中，我们得到了很多设计单位及天津大学出版社赵宏志先生的热情支持和鼓励，在此表示深深感谢；同时感谢刘欣华同学在资料整理和图片绘制过程中给予的无私帮助。仓促之余难免会有许多不足之处，希望熟知该领域的各位同行批评指正。

聂兰生

2000年4月于天津大学